J'ai mille ans…

Du même auteur

Romans

La République des Pirates. À frères et à sang, Plon, 2019 ; Pocket, 2020.

L'Écume des lames, Plon, 2020 ; Pocket, 2021.

Le Vent des soupirs, Plon, 2021 ; Pocket, 2022.

Sombre Éclat, Plon, 2022.

Essais

Bachar el-Assad. En lettres de sang, Plon, 2017.

Liban, la guerre sans fin, Plon, 2017.

Jean-Marie Quéméner

J'ai mille ans…

roman

RÉCAMIER

92, avenue de France
75013 Paris
Tél. : 01 44 16 09 00
Fax : 01 44 16 09 01
www.lisez.com

Mise en pages : Graphic Hainaut
Dépôt légal : août 2023
ISBN : 978-2-38577-003-7

Au Soudan. Au désert et à la mer.
Aux marins des dunes, aux caravaniers des vagues.
À tous ceux dont la trame étiolée se retisse ailleurs,
loin des dunes et des vagues.
Aux migrants.

La Maison rose

Je viens de naître.

J'ai mille ans.

L'air étouffe, la moiteur comprime. J'apprends à respirer, bien sûr, à ouvrir et fermer les mains aussi. Je sais que les bébés s'agrippent à n'importe quoi pour tenter de rattraper leur confort amniotique et fœtal.

J'ai mille ans et il manque encore.

Je suis née dans une maison entourée de murs aux fleurs naïves sculptées sur une façade pastel, un héritage païen, nubien, au pays arabe des hommes noirs. Quelques briques mal ajustées ont perdu leur enduit et font bayer la maçonnerie aux corneilles. *Beit warde*, la « Maison rose », se trouve en bas de la colline.

Plus haut, c'est Karkar. Un nom de rocailles pour un rêve déchu. Un village d'hommes. On ne trouve que des mâles là-haut, les femmes n'ont pas droit de cité chez les orpailleurs ni dans leur domaine. Conscients du danger, de tous les dangers, ces messieurs ont décidé d'écarter l'irrémédiable, le pire de tous. Ou de ne plus aimer. Ils tiennent les dames à distance.

Ils vivent dans une odeur de pisse, de sueur et d'arsenic, dans le ronronnement agaçant des vieilles machines à tamiser, leurs engrenages à l'agonie. La rouille vient gripper les manivelles et écorcher les mains. Les armes en bandoulière, à la ceinture, dans un sac… Partout, visibles… ou invisibles et, dans ce cas, induites et soupçonnées. Les regards aux aguets. Les doigts crispés, les phalanges bloquées, comme pour anticiper le moment où il faudra tirer ou fermer le poing. Et ce petit sourire résilient : ici, si tu es en vie, c'est que tu as déjà vaincu, mais que tu peux l'être. Se lever le matin, c'est déjà cracher au ciel. Ils évoluent, farouches et jaloux, enfermés dans une liberté qui ne leur appartient pas vraiment, pas complètement, au beau milieu d'un bric-à-brac de tout et n'importe quoi, très encombrant : des bouteilles d'eau aux cigarettes, du lait en poudre aux tuyaux en plastique, des fûts d'essence aux médicaments… Les échoppes sont protégées par des grilles, souvent plus solides et mieux plantées que les boutiques elles-mêmes, devantures en acier forgé mais murs en palettes. Les voleurs se défient des voleurs. L'on trouve quelques hommes braves, parfois quelques braves hommes.

La contrebande comme raison de survivre, l'or comme une drogue, une poussière d'ange pour déshérités à la poursuite d'une richesse inaccessible, un manque impossible à sevrer. Ici comme ailleurs, on court derrière des espoirs crevés comme autant de poulets sans tête, en plus désordonnés mais infiniment plus déterminés. Chacun son histoire, ses meurtrissures, ses crevasses de frustration… À Karkar on leur échappe en les laissant se fondre dans le creuset d'une vie sans passé ni avenir.

L'illusion de la tendresse, elle, est à vendre en contrebas, chez moi. Pas l'amour. Lui ne compte pour rien. Il ne rapporte pas. Il coûte. Mauvaise affaire.

Je n'ouvre pas encore les yeux, mais je ferme déjà mon cœur. La poudre aurifère cristallise les sentiments. L'âge d'or est de fer et de pierre. Rien de très nouveau, seulement la très ancienne alchimie humaine : une pincée de misère, une pleine poignée d'hommes et le goutte-à-goutte de la solitude transforment les lingots jaunes en plomb et l'homme en animal.

Je sais. J'ai mille ans.

Notre demeure, elle, vit encore aux temps des velours poisseux, des miroirs maculés de taches de vieillesse, honteux sans doute d'avoir trop réfléchi, et des coussins avachis pour avoir tant accueilli. La pénombre qui y règne gomme la faiblesse des hommes et efface la force des femmes.

Elle se mérite, il faut descendre vers elle comme l'on se traîne vers l'eau du fleuve, vers une source. Elle trône à l'écart, donjon de l'avidité, des manques et des besoins d'une virilité exacerbée parce qu'armée, compétitive et fantasmée. Flingue ou sexe, du pareil au même : prétention, désir de puissance et de jouissance. Pauvres illusions de domination. Maman dit que le partage ne fait pas partie du marché. On vend ici, on ne donne pas. Certaines jouent à donner, les autres à prendre.

Le long du mur d'enceinte, des bougainvillées condescendent à exposer une fierté indolente, pétales en clochettes rouge grenade, dans leur sillon de terre en rond, pour retenir l'eau et noyer les soupirs des jardinières d'occasion. Un palmier dattier s'ennuie derrière le portail rouillé et barbouillé de rose lui aussi. L'arbre se débrouille tout seul. Pas besoin de l'arroser : il pousse. C'est tout. Il ne sait faire que ça. Alors il se venge en économisant son ombre portée. Il s'occupe chichement, la tête ailleurs, bringuebalante, le fruit rare.

Je suis née dans un bordel au milieu d'un nulle part, à deux pas de rien. Les prostituées s'occupent souvent mieux des plantes et des hommes que d'elles-mêmes. Les fleurs étaient belles, les putes fanées. J'étais heureuse là-bas, je crois. Une cabane de filles de joie un peu paumée dans un coin de ma mémoire, un coin de chambre, un coin de maison, un coin du désert, un coin du Soudan. Pas loin de l'Égypte, près de la Libye…

Les dunes ici vous infligent leurs années plus sûrement que leur sable. Elles vous aspirent dans leur sablier éternel. Les vents granuleux, leur souffle en papier de verre vous râpent l'âme, le bonheur et l'avenir dès la naissance.

J'ai dû crier. Je ne sais plus. Une sage-femme d'un village voisin a coupé le cordon aux ciseaux. La mère maquerelle – son seul nom officiel, c'était « Samsih », le crocodile – a décidé d'offrir pour l'occasion un bon repas à ses ouailles, du foul[1] avec de beaux morceaux d'agneau, ni trop gras ni trop gâtés, et du pain frais encore tout couvert de farine, au goût de l'opulence, celui qui macule de blanc les lèvres et maquille les visages en clown triste.

1. Ragoût de fèves, plat traditionnel.

On m'a posée sur le ventre tout mou de maman. L'odeur de l'accouchement et la sueur peinent à masquer une essence de jasmin et de fleur d'oranger, une concoction de son invention. J'entends son cœur battre encore la chamade. Le henné de ses mains a coulé un peu sur les draps, dessinant un Rorschach étrange. J'y vois un grand oiseau ailé bienveillant et protecteur. Elle me rapproche de son visage et ses cils, des plumes d'anges, viennent caresser ma peau fripée.

Samsih, voûtée, les doigts en serres, fait un point, la voix sèche et les lèvres plissées vers le bas comme si elle venait d'avaler le jus d'un citron amer : maman, alitée, ne pourra reprendre le travail que dans deux ou trois jours, quatre maximum. Les hommes sont capables d'aimer les femmes enceintes à louer, moins un corps torturé par le post-partum. Certains veulent des fillettes. Je suis un investissement pour l'avenir, une gêne pour le présent. Elle dit ça en levant son majeur vers le ciel, comme si Allah lui-même était pris à témoin et qu'elle en était l'interprète. Sur son poignet une guirlande de bracelets en or vif crécellent pour appuyer ses prédictions de harpie.

Maman pleure. Je crie fort. J'ai faim. Je bois au sein. Heureuse. Je nais à peine, je ne sais rien. Je devine en flou que l'on vient de sceller ma vie sans qu'elle ait réellement commencé. Ses doigts caressent ma tête, se crispent sur mes langes.

Elle passe le pouce sur mes mains, frotte, compare mon teint miel clair au sien. Un mélange de sombre écorce d'acacia et de lait de chèvre. Un métissage. Même pour un bébé, j'ai les yeux trop clairs. Vert opale comme l'herbe de contrées pluvieuses et froides. Vert d'eau. Verts comme papa.

Le crocodile trouve que j'ai les cheveux «filasse». Pas assez crépus. «Des poils de chèvre», explique-t-elle non sans gourmandise en imaginant ce que cette bâtarde pourrait ajouter à la qualité de son cheptel.

Je suis un accident. Une vieille sorcière vient chaque semaine, avant la prière du vendredi, passer un onguent malodorant à ces dames. «Pas d'enfants, pas de problèmes», répète-t-elle comme un mantra. C'est elle aussi qui s'occupe des excisions dans les hameaux alentour : «Pas de plaisir, pas d'offense.» Une phrase toute faite, psalmodiée en verset, pour chaque mutilation.

Un médecin tout rabougri, venu de loin, à peine plus sérieux – il se fait payer en «nature» –, fait ce qu'il peut quand une «erreur» arrive. Ici, on l'appelle «la grosse aiguille». Rien de paillard là-dedans. Une peur crue et lucide de ses instruments chirurgicaux et de ses «opérations». Beaucoup meurent de ses interventions, certaines survivent mais sans jamais pouvoir donner naissance à nouveau. «Un mal pour un bien», assène Samsih. Maman a caché sa grossesse autant qu'elle a pu, jusqu'à ce qu'il soit trop tard pour intervenir. Les autres filles l'ont protégée de la rebouteuse, du docteur et de certains clients, ceux qui tabassent parce qu'ils ont payé, parce qu'ils en ont le droit, parce qu'ils le veulent.

Elle m'a gardée. Je n'ai jamais su laquelle de sa foi en l'avenir ou de sa peur de l'avortement m'avaient sauvée. Mais elle ne m'a pas faite toute seule.

Elle me laisse à la garde d'une amie, forte poitrine, appétissante, en ce qui me concerne, au sourire fin, griffé par une profonde cicatrice sur la lèvre. Un coup. Un stigmate banal de l'amour quand il est tarifé donc esquinté. Une autre histoire que la mienne. Elle l'oublie, me sourit.

Maman descend sur la route. Un chemin tracé dans le désert par les roues des voitures. Sable tassé, caillasse et ornières. La ligne verte du Nil, au loin, lui montre la voie à suivre sur sa gauche. Les innombrables sacs plastique emportés par le vent et piégés par les épineux enguirlandent de noir, de jaune et de bleu le peu de végétation et les rares parcelles de culture de sorgho quadrillées de rigoles d'irrigation à sec. Ils frémissent sous le vent, impatients d'aller polluer ailleurs, agacés d'être retenus.

Quelqu'un s'arrête à sa hauteur. Oui, il peut l'emmener à quelques pas seulement de sa destination. L'homme exhibe des dents et une haleine gâchées par l'alcool de dattes. Il postillonne sur son Coran et le paquet de mouchoirs devant son volant. Un misbaha[1] pendouille sous le rétroviseur et égrène ses prières à chaque cahot. Le chauffeur est gentil. Un visiteur régulier de la Maison rose. Un calme. Timide. Pas pervers. Impatient, mais courtois. Maigre comme une branche de buisson. Il ne lui demande rien en échange de la course. Il parle beaucoup dans son arabe-mitraillette entrecoupé de nubien. La langue d'ici gronde comme si de vieux fleuves asséchés avaient confié leurs cataractes aux gosiers humains et rebondissaient sur des rochers bien ronds, polis par la marche triomphante et conquérante des archers des

1. Chapelet musulman.

pharaons noirs. Il lui décrit par le menu toutes les difficultés qu'il éprouve à gagner sa vie dans les parages, à ramener de l'argent à la maison. Il a trois épouses. Ça coûte cher. Maman compatit. Les femmes comme ma mère savent écouter. Elle écoute.

Ils arrivent. La maison de fouilles côtoie le chantier et son nuage de poussière. Une installation proprette de plusieurs bâtiments aux murs bien entretenus recouverts d'un enduit ocre clair. Une citadelle dans le désert. Elle sourit. À force de creuser le passé, ces archéologues finissent par reproduire d'antiques forteresses et y vivre. Elle en fait le tour, se dirige vers un champ de trous et de petites pyramides en briques crues.

Elle le repère au loin. Il est en sueur. Les *khawaja*, les étrangers, laissent toujours des lacs d'eau sous le soleil. Ils se dessèchent ici. Un chèche jaune et noir noué sur la tête. Chemise ouverte et pantalon aux poches bâillantes. Ses avant-bras secs et trop blancs, poils sombres, s'agitent dans l'air. Il donne des instructions à de plus jeunes que lui. Elle se souvient de ses visites, mais plus de son nom. Il voulait parler. Normal. L'embrasser beaucoup avant. Inhabituel. Et des préliminaires maladroits d'adolescent mal dégrossi. Pas le seul à faire ça. Elle se rappelle ses yeux grands ouverts et ses mouvements de hanches disco quand il la pénétrait. Original, mais inefficace. Et la fuite précipitée après. La honte au front, le regard fuyant, la liasse de billets, des bouts de papiers poisseux et plus sales que le cul d'un âne, déposée sur le lit à la va-vite comme s'il craignait d'être surpris à payer pour acquitter le péage d'une hypothétique virilité et de l'assouvissement d'un plaisir canaille et culpabilisant.

Une fille l'observe quelques secondes de trop. Un peu rondelette, brune, démarche de garçon, tee-shirt kaki. Mignonne et dynamique. Il lui fait un signe. Un clin d'œil accompagne qui éteint brièvement un éclat vert d'eau. Maman comprend pourquoi il ne vient plus à la Maison rose : elle doit aimer le disco, il doit apprécier le kaki.

Ma mère s'approche.

Il la voit, la reconnaît, la prend par le coude et l'emmène à l'écart. Il tremble. Son arabe à l'élocution étrange, comme récitée, enfarinée et totalement aplatie, suffit à se faire entendre. Elle lui explique les cheveux filasse et les yeux clairs. La douleur, la joie incommensurable… Et l'avenir en barbelés de velours carmin, aux miradors à l'enduit passé et aux plafonds de glaces au tain grêlé. Ses épaules tombent, le dos se voûte. Il encaisse. Mal. Il l'accompagne jusqu'à la cour intérieure du bâtiment. Ils s'assoient à l'ombre. Il parle. Beaucoup. Trop.

Les hommes, quand ils n'ont rien à dire, utilisent les mots pour se cacher, un peu comme les buissons d'épineux tentent de dissimuler le désert.

Je viens de naître, mais ça, je l'ai compris tout de suite. Je crois…

Maman hoche la tête. Elle saisit. Il lui demande de l'attendre, part lui chercher une citronnade et disparaît dans l'ombre de l'une des pièces donnant sur la placette. Un géant apparaît. Il a dû écouter. Il précise qu'il est le raïs, le chef, ici. Il s'assoit en grimaçant. Ses pauvres genoux en ont marre de supporter une telle masse. Il a une voix grave et un arabe excellent. Il se présente. Elle attrape un prénom, « Charles », pas facile à prononcer. Il a tout compris : l'autre ne fera rien. Ce n'est pas un homme bon. Peut-être pas un homme du tout. Elle acquiesce : même les rats ont un pénis et des testicules, ça en fait des mâles, pas des hommes. Il rit un peu tout seul et explique : voilà pourquoi il préfère s'occuper des morts millénaires, eux ont la grâce de ne plus exister, certes ils ont dû être casse-pieds à leur époque mais enfin ils ne font plus de mal à personne. Il poursuit, le regard sur le sol : le petit a peur. C'est encore un gamin. Il s'excuse pour lui. La situation est injuste mais c'est ainsi. Il peut aider. Au moins momentanément. De quoi a-t-elle besoin ? Maman a une idée derrière la tête. Elle veut un passeport français pour sa fille, pour moi. Il secoue la tête. C'est bien au-dessus de ses compétences. Il peut en parler à l'ambassadrice de France. Il la connaît. C'est une femme, humaine et attentionnée, elle comprendra. Mais tout se résumera à ce que le père reconnaisse son enfant. Et il en doute. Enfin… Il est absolument certain que l'autre ne le fera pas. Elle sait qu'il a raison. Évidemment, la lâcheté des hommes est un scorpion : la queue empoisonnée et le don de se planquer sous des rochers de prétextes bancals. Un sourire triste accompagne un mouvement de tête fataliste. Il se lève, pose une main grande comme une palme sur son épaule, tapote et lui demande de patienter.

Il s'engouffre là où mon père – que j'ai baptisé « ça » : une chose, un truc, un objet peut déranger sans que cela ait une importance folle, on peut vivre avec – a disparu.

Elle entend des cris. Le costaud parle fort. Très fort. Ça couine dans une langue déliée, des voyelles partout, comme une chanson étrange, une glissade de mots. Des sanglots aigus. Ça renifle. Ça farfouille. Un meuble frotte le sol, une chaise sans doute. Ça chouine encore. Ça se tait. Une porte claque.

Le chef revient. Il traîne «ça» derrière lui. Vraiment : il le tient en étau par le bras. Il le jette devant maman. L'autre trébuche, transpire, pleure, bafouille, clapote des lèvres en silure hors du fleuve, bave des explications ternes comme une journée grise. Il fera ce qu'il peut. Il demande à être pardonné. Il tentera de l'aider. Il ne s'y attendait pas. Il est dans une situation compliquée voire impossible. Il est trop jeune. Il ne sait pas. Il ne pourra pas. Il ne saura pas faire. Et pourquoi ne l'a-t-elle pas prévenu? Et pourquoi avoir gardé l'enfant? Et qu'est-ce qu'elle imaginait?

Maman se lève. Doucement. Lui envoie une gifle de lavandière sur linge sale. Elle se dirige vers une bassine à l'entrée du réfectoire et se désinfecte les mains au savon.

Ça n'existe plus. Oublié. Effacé. Vaporisé. Spectralisé.

Ça tourne le dos et se replie vers le chantier pour fouiller un tombeau ancien. Il y côtoiera d'autres fantômes, sans doute bien plus consistants que lui.

Le directeur secoue la tête, soupire et fourre une pogne en poing-massue dans sa poche. Il en tire un rouleau de billets. Il dit qu'il a pris tout ce que «ça» avait et ajouté ce que lui pouvait donner. Une belle somme. Il pense qu'il ne doit pas y avoir loin de deux mille dollars, qu'elle sait où le trouver, qu'elle sera toujours la bienvenue et qu'il fera plus si elle revient. Qu'il s'occupera personnellement du père, verra s'il peut lui faire changer d'avis. Si elle le désire… Ou le virer de son équipe et le jeter dans le prochain vol pour Paris…

Maman fait non de la tête : elle a pris ce qu'il y avait de meilleur en lui, le reste, elle le laisse à l'oubli. Une ordure à la poubelle. Rien de plus. Un vague cageot, une pourriture dans la déchetterie de sa vie. Elle tend la main, saisit la liasse. Elle essuie un peu ses yeux et évite soigneusement de dire merci. Elle veut pleurer.

Mais pas ici.

Elle a plus d'une dizaine de kilomètres à faire. Elle va les arroser de sel mouillé.

Mais pas maintenant.

Elle se redresse en candace, s'éloigne. Un ouvrier du chantier la voit partir avec envie, lui sourit de toutes ses dents bien blanches, agite un bras qui fait comiquement remonter son pantalon au-dessus de la cheville. Il est épinglé sur place d'un regard. Maman sait collectionner les papillons mâles et leurs ailes trompeuses, trop belles et si fragiles. Si douces parfois. Mais leurs corps poilus et leurs langues avides, elle sait aussi les clouer au mur. C'est son métier. La pâle petite chenille affamée dans son berceau de fortune, ça, elle ne l'avait pas prévu. Elle secoue la tête. Une perle de larme s'envole ensemencer le sable. Elle la pense crépiter. Pas convaincue de vraiment l'entendre grésiller, mais elle aime y croire. Seulement pour un instant. Sa peine évaporée au soleil d'Allah, au dieu Râ, à la vie et à la souffrance, grillée sur l'autel divin du désert. Confier de l'eau aux sables brûlants, c'est déjà la folie d'un futur, le pari d'une renaissance. Elle ébouriffe la mèche de cheveux qu'elle laisse toujours dépasser de son foulard, redevient femme. Elle marche vers le Nil. Elle sent déjà son corridor de vent lui caresser les joues, y déposer le rose qu'il dispense depuis que la vie est devenue humaine.

Elle est belle, ma maman. Je le sais. J'en suis sûre. Et je ne suis plus certaine de grand-chose désormais : à mille ans, on apprend à se méfier. Plus on en sait, moins on comprend.

Elle baisse les yeux, puis regarde au loin. Très loin : l'horizon tremblant en brume de chaleur et quelques oiseaux pour s'y complaire. Puis en contrebas : les eaux calmes du fleuve, boueuses et agacées d'îlots très verts tachés de blanc par les petits hérons, le cou en alerte, leur bec oscillant, la patte prudente. Ici, les reptiles vous surprennent dès que vous vous imaginez en sécurité. Un univers sans hommes, paisible ou pas, sauvage mais hors du temps et de ses petits soucis. La nature et son cycle, sans doute un commencement. Elle aimerait pouvoir être au tout début des mondes. Seule. Mais elle a une fille maintenant. Une continuation. Un avenir. Peut-être...

Elle murmure :

— Amal.

«Espoir», c'est mon nom. Elle se redresse et le balance vers le fleuve : «Amal!» Un faucon, là-haut, lui répond de son cri strident, une vrille dans les tympans, un relais vers le ciel. Une validation.

Elle crache par terre pour sceller un pacte avec Dieu ou le diable. Peu importe. Du pareil au même.

Je suis la salive de ce défi insensé. Je suis de la bave de migrant. Un résidu de l'Humanité et de son humanité. De ce qu'il en reste. Je suis ce qu'elle a de plus beau parce que de totalement désespéré et d'abandonné. Je suis Amal. Il a beaucoup plus de mille ans, ce nom. Et il a toujours déçu. Je le sais. Il m'accompagne depuis.

J'ai faim. Quand on traverse le monde, il faut manger. Ça, j'en suis sûre.

L'araignée karaba

Une moto cahote sur une succession d'ornières et de plaques de sable mou mêlant son échappement noir à la poussière. Son bruit cacochyme doit s'entendre jusqu'à Khartoum, les relents de fumée d'essence frelatée se sentir jusqu'à Assouan. Maman reconnaît la pétarade, unique et bienvenue. Assim vient à sa rencontre. Il a dû apprendre. Le Soudan est une ville, la Nubie un village, Karkar un hameau. Tout se sait, rien ne se perd, tout se garde. Tout pourrit. Peu d'écrits, mais la mémoire et la parole ne sont pas, elles, analphabètes, elles savent subsister pour raconter.

Assim… Un ami, le seul. Il ne vient jamais à la Maison rose. Maman le soupçonne de préférer les hommes. Elle en est même certaine, mais les mystères d'une belle âme appartiennent au silence de ses blessures. Elle lui est reconnaissante de ses amours masculines, un de moins pour elle, même si elle sait la difficulté de la tâche et l'ingratitude du genre…

Il est tout fin, comme poussé sans avoir été arrosé. Pas très grand mais très nerveux et ça se voit quand il conduit sa pauvre monture. C'est sec et saccadé.

Dangereux. Il a de beaux yeux aussi, très grands et encadrés par des longs cils. Ils lui mangent le visage comme s'il voulait en voir toujours plus ou aspirer toute la luminosité du désert dans ces immenses trous noirs.

Elle monte derrière lui, en tape-cul sans échanger un mot. Elle devine où il l'emmène. Là où ils se sont rencontrés, là où ils peuvent se parler tranquillement. Sur une berge escarpée, et un à-plat de rochers confortable, comme un canapé des dieux. Sans plastique ni buissons ni serpents ni bestioles. Ni humains. Il était venu par là, à l'époque, pour se nettoyer les bras dans le fleuve, brûlés par l'acide trop corrosif qu'utilisent les orpailleurs. Maman rêvassait un peu en hauteur. Elle s'était contentée de lui dire qu'il devrait changer de métier s'il ne voulait pas finir par tamiser avec ses os. Il avait souri et approuvé. Il lui avait expliqué que l'or ne comptait pas, ou en paillettes de rien, mais qu'en le travaillant, il pouvait au moins être seul, son propre patron. Et payer sa moto. C'était bien suffisant. Sa vie se suffisait à elle-même, comme une évidence. Pourquoi l'alourdir ? Il lui avait demandé ce qu'elle faisait, elle, pour vivre. Elle s'était contentée de lui donner son adresse : la Maison rose. Il avait beaucoup ri. Un éclat contagieux qui avait enveloppé maman de la couverture fragile et puissante de l'amitié naissante. Puis, plus sérieux, il lui avait avoué qu'il se méfiait du lieu. Un seul vice dans un seul endroit, ça manquait d'imagination. Clin d'œil. Elle ne pouvait pas être plus d'accord. Elle était descendue sur le sable gris pour l'aider à laver ses brûlures.

Il est depuis devenu mécano dans sa propre échoppe, quelques planches, des pans de tôle et une toile de tente encore siglée bleue du Programme Alimentaire Mondial pour couvrir le tout. Ce qui ne protège de rien et surtout pas de la chaleur. Une petite parcelle attenante, un terrain vague, lui sert d'atelier. Il répare les véhicules de Karkar avec le talent fou des bricoleurs de génie. Il fouille un peu partout pour ses pièces détachées, connaît tout le monde sans jamais parler d'autre chose que de son travail. Personne ne l'aime, personne ne le déteste. C'est un outil. Il prétend souvent que ses précieuses clefs à douilles ont plus à dire et à faire que la plupart des gens qui vivent là. Lui compris.

Il coupe enfin le contact de sa trottinette puante. Le temps de descendre vers leur repaire, elle lui a déjà tout raconté, plus pour se soulager que pour lui apprendre quoi que ce soit. Il se tait. Il sait écouter, lui aussi. Il demande à me voir.

Je suis d'accord. Je l'aime déjà. Et je ne le connais pas. Une petite chose sent quand elle peut vampiriser la tristesse et la tendresse des âmes perdues.

Il lui explique en agitant ses bras tout maigres qu'elle a un problème, mais que la vie c'est comme un moteur : on en ajuste les rouages, les engrenages, les pistons, on change ce qui doit l'être, un peu d'huile et c'est parti. Pour un certain temps au moins. Maman se fâche : le sort de son bébé lui semble un peu plus difficile à envisager que celui d'une stupide machine. Il sourit. Il sait. Mais si elle accepte de mettre toutes les pièces à plat, par terre, la logique et le bon sens suffiront à tout remettre en ordre.

Elle boude un peu, puis ramasse une petite branche et esquisse des traits sur le sable comme pour tracer une carte. Elle dessine quatre carrés malhabiles et tente de les relier : ici, le village, là, les Libyens, puis la Méditerranée et enfin l'Europe et la France. Parce qu'il doit comprendre que sa fille doit vivre mieux, plus loin, plus longtemps, ailleurs... Surtout ailleurs. Que son père indigne est Français et que donc, peut-être, ce sera plus facile pour elle là-bas de s'intégrer, d'apprendre la langue. Il ne comprend rien, Assim. Il n'est pas allé à l'école, il ne sait pas lire. Mais il siffle et se frotte le crâne. Il a entendu des histoires vraiment horribles. Des gens meurent souvent pendant le trajet. D'autres reviennent, sans rien, à peine vêtus, des vilaines cicatrices sur le corps, le regard vide de ceux qui ont tout perdu sauf leur chair torturée, déchirée. Des sacs vides à l'âme morte. C'est trop difficile. Surtout pour une gosse. Le plus sûr, c'est de partir plus au sud, vers Dongola. Il y a un cousin. Il peut aider. Et puis, il faut de l'argent pour tout payer. Beaucoup plus que les billets des Francaouis[1]. Il dit qu'il a réussi à économiser pas loin de mille cinq cents dollars. Il les lui donnera mais reconnaît que ça ne suffira toujours pas.

Elle rétorque qu'elle dispose aussi d'un pécule arraché à la vigilance de Samsih et grappillé année après année, coup de rein après coup de rein. Parfois coup après coup. Toutes les filles ont réussi à économiser un peu. Ce sera assez. Elle doit seulement se montrer discrète. L'aidera-t-il à chercher le bon passeur ? Et les papiers nécessaires pour sa fille ?

1. Français, en arabe.

Il s'agite plus encore, respire fort. Puis lâche un souffle à rider le Nil : c'est décidé, il partira avec elle et la gamine. Il les protégera. Mais en attendant, il y a beaucoup à faire. Maman tente de l'en dissuader. Il insiste et ouvre ses grands yeux. Ils ont des motos et des voitures en France ? *Akid*[1] ! Donc, il y a du travail. Donc il vient. Et puis, s'il n'est pas certain de trouver mieux là-bas, il sait que cela ne pourra pas être pire qu'ici. Pas vraiment. Il baisse la voix, chuchote presque : pas pour son genre d'homme en tout cas.

Il se redresse, secoue la tête. Il doit parler au Turc. Et me prendre avec lui. Sait-on jamais ? Je pourrais l'amadouer. Peu probable, mais ne pas essayer, c'est déjà échouer… Elle acquiesce : qu'il m'emmène à l'arène.

Ma première sortie ! J'étouffe sous une couche de linges, des draps cousus pour l'occasion. Assim a noué le tout sur son dos et me promène comme un barda de chiffons. Il fait chaud. Les relents de sueur, de graisse, de rouille et d'essence en bât odorant de mon baudet humain me grisent un peu, m'étourdissent. Je regarde autour de moi en babillant, histoire de leur faire oublier mon âge. Un bébé de mille ans, ce n'est pas commun. Mais ils ne savent pas. Ne sauront jamais. Et s'en contrefichent, de mon âge et du leur. La vie s'est figée ici et les années frottent trop fort. Ne restent que des écorces d'hommes. Des zests frits et recroquevillés dans le mercure des orpailleurs.

1. Évidemment, en arabe.

Chaque pas bouscule les cailloux et agite son petit tourbillon de poussière. Ça grouille. Une termitière sans reine. Les «rues» se croisent à angle droit, comme si leurs habitants avaient voulu compenser l'effervescence dangereuse de ces errants enfermés par une géométrie urbaine plus ou moins ordonnée. Les rigoles d'eau sale d'urine et d'étrons sèchent à peine dans des ruisseaux creusés à même la terre, aux ponts de planches bancales pour accéder aux boutiques. Ça crie, quand ça ne murmure pas. Le juste milieu n'existe pas. Il n'a pas survécu, écartelé entre violence et affaires louches voilà longtemps déjà.

J'ai mille ans. Je sais que ces hommes perdus sautent volontairement tous les jours à pieds joints sur un lit de braises. Être brûlé, c'est vivre quand même.

Assim s'achète un paquet de Smart. Le vendeur le salue gentiment derrière sa grille. Lui propose d'allumer sa cigarette. Inutile, mon ami se saisit du briquet retenu par de la ficelle à la paroi rouillée de la boutique. Encore, la peur paranoïaque et schizophrénique du voleur. Si d'aventure un escroc s'amusait à aller chaparder un mauvais briquet chinois au milieu de nulle part… Ridicule ! Je le sens sourire. Nos pensées marchent côte à côte. La fumée âcre me fait tousser. Il jette son mégot à terre en visant un scarabée pataud, le manque et l'abandonne à son sort carapatant. Un vendeur de bloc de glace interrompt notre promenade. Il a un souci avec son vélo. Le panier, censé abriter l'eau gelée quand il est en tournée, se détache du cadre. Il lui agite sous le nez la hachette qui lui sert à découper son fardeau. Assim se recule et promet de souder le tout. Il encaisse un petit billet en acompte et accélère le pas. J'entends comme des coups plus forts dans sa poitrine. On ne doit plus être très loin.

Ils se tiennent tous en rond. Je ne vois que des dos vaguement endimanchés. Quelques gandouras autrefois blanches, très sales aujourd'hui, des tee-shirts et des chèches noués au-dessus la tête. Quelques semelles ensablées et blanchies, certains sont pieds nus. Ça piaille fort. Des petites coupures de livres soudanaises s'agitent à hauteur d'épaule. Accroupis, agenouillés, l'on trouve son équilibre contre l'autre ou avec lui. En rangs serrés. Certains se collent violemment des billets sur le front. Pour porter chance. Nous nous approchons. Un cercle de pierres et deux gladiateurs arachnéens au beau milieu. Indifférents aux cris. Ils appartenaient au désert, sable et rochers, désormais ils se battent pour les hommes.

L'araignée karaba[1], jaune, velue, tendue, et le scorpion gris se font face sans se voir. Une bêche maniée de main de maître les cache l'un à l'autre. Un factotum au long bâton veille à ce que les «combattants» ne s'enfuient pas. Le scorpion se doute d'un piège. Son dard se dresse. L'araignée semble prendre son élan, se ratatine un peu sur les pattes arrière, crocs en avant presque à la perpendiculaire du sol, prête à la fulgurance. Son adversaire bouge lentement et se présente de côté. Comme pour l'inviter à attaquer son flanc. Le picot empoisonné, lui, pointe toujours dans la même direction. Celui-là est un malin. Il offre sa faiblesse pour mieux cacher sa

1. Karaba : électricité. À comprendre comme «éclair». Araignée jaune, endémique au Soudan, réputée pour sa rapidité.

force. Les deux combattants s'écartent, patientent en attendant de se découvrir, soupèsent le moment où il faudra se détendre et attaquer. Ils reculent jusqu'au muret hasardeux qui délimite leur champ de bataille.

L'obstacle se lève. La foule hurle. J'en prends plein les oreilles. À peine née et déjà sourde. Ce que les hommes sont capables d'exhaler comme rage et ferveur quand il s'agit de parier… Ils s'entretuent par procuration, par jeu ; les arachnides en réceptacle d'une haine sans but, d'un instinct de domination sans bornes. Plus je regarde les humains, plus je me dis que j'ai dû tomber d'une météorite jusque dans le ventre de ma mère. Cette race m'épuise depuis trop longtemps. Et je viens de naître…

L'araignée décide de prendre les devants. Elle se plante à moins de cinquante centimètres du scorpion. Je ne l'ai presque pas vue bouger. Un éclair. Lui se campe plus bas sur ses pattes. Ses deux pinces se déploient. Sa queue, un chapelet de perles poilues, s'agite doucement, indolente. Mortelle.

Une odeur de musc très prononcée nous dérange, Assim et moi. Le Turc vient d'arriver. Il se colle à mon portefaix qui s'écarte tranquillement sans mouvements brusques, une danse d'évitement. Mais il trouve suffisamment d'air dans ses poumons pour lui crier par-dessus le bruit ambiant qu'il veut lui parler de « ça ». Et il se retourne. Je me retrouve brutalement devant lui. Je vois sa grosse tête s'approcher, des bajoues en sacoches à chameau, des yeux qui tombent et une barbe qui n'a toujours pas digéré les restes de foul de son déjeuner. Ils y pendouillent encore. Son haleine tient autant à l'oignon rouge qu'à la vase du Nil. À croire qu'il les a mâchouillés de concert toute la journée. Une infection. Il me fait peur. Je crie. Je pleure. Je gigote. Assim fait volte-face pour me protéger. Je me calme. Et j'observe le combat. Il commence vraiment.

Je pressens plus que je ne vois l'araignée déclencher son attaque. Elle est trop rapide. Une légère pause devant le scorpion et elle revient à sa place avec une brindille. Le dard du scorpion s'est abaissé. Trop tard. Vainement. Il vient de perdre une patte, arrachée par la karaba. Elle y retourne. Il anticipe. Frappe le sable. Ses mandibules mastiquent le vide. Un deuxième membre vient d'y passer. Il tient bon, change de tactique et attaque à son tour. Elle l'attend puis grimpe sur son dos, en redescend et patiente à moins de dix centimètres. Il s'affaisse doucement. Son hameçon-poison bat l'air. Il a été mordu. Il résiste quelques petites minutes. La foule murmure, digne et respectueuse devant l'agonie. Puis hurle encore quand il ne bouge plus. L'araignée s'approche, mais l'ignore. Elle a gagné. Ce n'est pas une proie qu'elle a tuée mais un prédateur, comme elle. Inutile de s'acharner. Elle se tourne et se retourne comme pour saluer les spectateurs. Je comprends qu'elle cherche une porte de sortie. La bêche la fige. Un nouvel ennemi ? Elle ne voit pas la boîte en plastique qui tombe du ciel. Grimpe en flèche sur le couvercle qui racle le sable sous elle. Prisonnière à nouveau.

Je regarde le ciel. Moi aussi, je suis dans un Tupperware transparent. Emprisonnée, destinée à me battre ou mourir. Sans doute les deux.

J'ai mille ans. Les hommes confondent souvent destin et hasard, attribuant à l'un une fatalité aggravée par l'autre. Je sais désormais qu'ils ne trébuchent que sur leurs fautes et ne se relèvent qu'avec leur courage en béquille. La foi, la chance, les aléas de la vie… Tout n'est que superstition, grigri pour s'excuser de rester enfermé ou pour enfermer les autres.

Une envie folle me prend d'arracher les pattes du Turc. Je pleure très fort pour signifier à Assim que j'en ai assez. Qu'il règle nos petites affaires maintenant. Et qu'il m'éloigne de ce bouge. Pour toujours.

Les deux hommes marchent en silence jusqu'à une échoppe, un estaminet, entièrement en toile de tente empruntée aux caravanes. Tapis sur le sol. Ça sent les pieds. Je comprends : l'arrière-boutique dissimule une antichambre qui sert de lieu de prière. Les fidèles se livrent à leurs ablutions, donc se déchaussent dans un coin du café. Un banc râpeux et une table bancale nous accueillent. Polis, les deux compères s'enquièrent mutuellement des nouvelles de la famille et du travail. Assim a plus à dire sur le second point que sur le premier. Sa voix douce tranche avec les accents ottomans de son interlocuteur qui persiste à truffer son arabe de mots de sa langue maternelle. Prétention de pacha, une survivance linguistique coiffée d'un fez.

Mon ami explique en peu de phrases l'objet de sa visite, reste discret sur la profession de maman et laisse entendre habilement qu'il est mon père et qu'il veut s'enfuir avec la mère et éviter ainsi un mariage dispendieux ou une belle-famille acrimonieuse.

Le Turc hoche la tête, claque la langue, se cale mieux sur l'assise en bois. Il prend le temps de super son café épais comme filtré à la boue. Il le passe d'un côté à l'autre de ses bajoues en les gonflant exagérément. Je me surprends à craindre qu'elles n'éclatent.

Je sais quand une négociation commence. Les hommes prennent toujours la même posture, le même regard. Qu'ils discutent d'essence, de logement ou de traite d'êtres humains, ils ne font que parler gros sous et adoptent l'attitude compassée et ferme de celui qui sait de quoi il parle.

Notre passeur lâche un soupir et un argumentaire bien rodé : nous ne sommes pas ses premiers clients. Pour la faisabilité, pas de problème : un camion part de Karkar toutes les deux semaines à heure plus ou moins fixe, mais le vendredi, au petit matin après le Fajr, la prière de l'aube. Il franchira la frontière libyenne en fin de journée ou la nuit. Là, l'un de ses associés viendra récupérer la « marchandise » qui sera stockée avec d'autres au même endroit. Puis de nouveaux moyens de transport passeront prendre le tout pour l'emmener jusqu'à la mer. À ce moment-là, c'est un cousin à lui qui s'occupera de les charger à bord de bateaux pour la traversée. En Europe, tout le monde se débrouille, ce n'est plus son problème. Il a fait le job.

Il lâche un clin d'œil réflexe et s'applaudit lui-même sans s'en rendre compte. Ses paumes finissent par se frotter l'une à l'autre. Il sourit, attend une réponse.

Assim se contente d'une question :

— Combien ?

L'autre souffle, fronce les sourcils comme si la question tenait de la physique quantique et déploie ses doigts pour compter dessus ou jouer de la caisse enregistreuse : un bébé, ça va, pas trop cher mais c'est bruyant, surtout celle-ci, donc ce n'est pas gratuit pour autant. Le couple ne compte pas en tant que tel. C'est juste un homme et une femme. Deux individus, pas une entité. L'homme peut avoir une ristourne s'il accepte de travailler un peu et d'aider à canaliser les gens.

Il prend une pause, s'adresse à Assim.

Compte tenu qu'il le connaît et qu'il sait ses talents de garagiste, s'il est d'accord pour s'occuper d'éventuelles pannes des camions, il pourra bénéficier d'une belle remise sur son trajet. Pour la femme, rien à faire, elle est inutile et s'occupera de toute façon de son bébé. Ce sera plus cher. Le tout pour quinze mille dollars. Prix d'amis : il aurait pu facturer vingt mille !

Assim le regarde sans cligner des yeux, trouve la force de sourire, commande un autre thé pour gagner du temps, réfléchir. Il se passionne pour l'étal du marchand de tissus de l'autre côté de la rue. Puis il énonce doucement ses prix à lui pour s'occuper de n'importe quel autocar, voiture ou camion. Il se ferait payer deux cents dollars la journée. Lui aussi accorde une ristourne. Lui aussi lève les yeux au ciel vers une facture cachée là-haut. Il propose huit mille dollars et il interviendra sur les moteurs pour rien du tout. Cadeau de la maison.

Le Turc se frappe les cuisses et admire le culot, fait un geste de la main comme pour signifier que le mécanicien est décidément impayable. Mais d'accord, il consent encore un effort. Douze mille dollars, dernier prix. À remettre à son cousin en Libye. Lui se contentera de mille dollars au départ pour les faux frais.

Assim soupire, puis se concentre de nouveau sur l'extérieur, cherche quelque chose des yeux. Il sourit encore et demande où se trouve la Mercedes jaune du Turc. Surpris, celui-ci indique l'avoir garée un peu plus loin, vers l'arène. Mon porte-bât lui dit qu'il la remettra à neuf avant le départ, carrosserie comprise. On oublie les faux frais et on tope pour dix mille dollars.

Le Turc rit à gorge déployée et nous empoisonne de son haleine d'âne mort. Mais il tend la main. Celle d'Assim la saisit prudemment. Ils ont fait affaire. La date est proche et il préviendra mon ami. Ne serait-ce que pour qu'il exécute sa part du contrat. Il faut fêter ça, dit-il en se levant, avant de proposer une virée à la Maison rose. Mon « père » de traversée me regarde presque malgré lui. Il décline : il a du travail s'il doit partir. Et la petite a faim. Mais il lui souhaite le meilleur avec les dames.

Assim reste silencieux. Il descend de la colline où est perché le village sans saluer personne, sans répondre aux petits coups de klaxon de ses accointances en voiture ou à moto. Il observe le sol. Chaque butée de sa pensée s'exhale en longs soupirs. Je sens bien qu'il est désespéré. Et je n'y peux rien. Il se fige soudain, le regard vers la Maison rose. Un gros pick-up noir, étonnamment propre, entre au ralenti dans la cour.

Jamal vient de débarquer. Un oiseau de très mauvais augure.

Le Chameau

Les néons cliquettent une lumière blanche pénible, aléatoire et grésillante, dans le « grand salon ». On ne les allume d'habitude que pour signifier la fermeture ou faire le ménage. En temps normal, une lumière rouge faiblarde et cataplasmique lisse les visages et les atours dans l'ambiance spectrale d'une maison close de cinéma du Liban des années cinquante. Les fenêtres ouvertes échangent la puanteur des corps en rut contre un air chaud et sec aux vagues remugles d'égout. Une nuée de moustiques vient batifoler au-dessus de nos têtes. Eux aussi sentent le sang de loin. Les filles se tiennent debout en rang d'oignons contre le bar. Quelques-unes s'y accoudent, conscientes de leur lascivité, passives et disciplinées. Certaines minaudent malgré tout, plus par réflexe que par devoir. L'une d'entre elles en profite pour se remettre du rouge à lèvres. La plupart se cambrent un peu pour présenter leurs poitrines à leur avantage. Maman observe, un peu voûtée, inquiète. Samsih surveille le tout avec sa mine des jours fouettards, ses doigts battent chamade sur le revers d'une robe jaune qu'elle n'enfile que pour les grandes occasions.

Jamal pavoise. Son gros ventre, presque enceint, semble vouloir le tirer vers le bas. Un appendice étrange : comme si son foie prenait toute la place entre des côtes restées saillantes. Ses vêtements occidentaux, trop lâches, lui offrent des épaules de sansonnet et un cul d'ânesse. Sa peau sombre, mâtinée arabe et nubienne, se grêle de grains de beauté protubérants, surtout sur les joues. Sa lèvre inférieure, humide et pendante, traduit à elle seule son surnom : Gamal, le Chameau, prononcé à l'égyptienne[1]. Il transpire un peu. Une goutte de sueur s'obstine à paresser entre l'arête de son nez, fin, et la commissure de sa bouche. Une langue rose sort de son antre pour l'avaler. Puis elle revient.

Son histoire aurait pu être belle. Il est né Bedja[2] dans une famille de chameliers d'Abu Hamad, une ville-village perdue au milieu du pays, pas loin de tout, du Nil, de l'Égypte, de la mer Rouge mais proche de rien. Il avait repris la tradition familiale et tout gamin menait les caravanes là où les clients le désiraient. Les routes sont devenues meilleures. Les voitures plus endurantes. Les vieux Bedford anglais ont cédé la place à de gros camions japonais, coréens ou même allemands capables d'avaler à peu près correctement les pistes du désert. Mince et élancé à l'époque, il avait persisté : puisqu'il

1. Jeu de mots : les Égyptiens prononcent le « J » de Jean comme le « G » de Garance. Jamal devient Gamal. Et *gamal* signifie « chameau ».

2. Ethnie nomade du Soudan.

savait mener les chameaux et qu'il les trouvait infiniment plus fiables que les diesels, il les garderait. Il suffisait de changer de marchandise pour se préserver une clientèle. Il ramassait des pauvres hères dans les villages perdus ou aux abords des agglomérations, là où la misère s'éclaire aux lampadaires des riches. Parfois il les achetait lui-même et les vendait sur place à qui souhaitait femme ou esclave. Du pareil au même de toute façon. Il se gardait pour lui les plus appétissantes. La légende raconte qu'il a rapidement pu compter plus d'épouses que de camélidés. Samsih était de celles-là. Il a bien fallu les caser quelque part. Son premier bordel sortit de terre à Atbara, un carrefour stratégique, routier et ferroviaire du pays au beau milieu de ses quatre points cardinaux. Une ville ouvrière, populaire, travailleuse et frondeuse. Il y gagna une petite fortune, mais surtout des liens profitables avec le monde mafieux politique du coin. De cet essaim de frelons naquirent d'autres établissements, toujours sur les routes de contrebande. Il protégeait ses investissements en arrosant généreusement les autorités locales, l'armée, la police et les quelques dignitaires religieux qui avaient d'abord regimbé et tordu le nez face à ces installations assez peu coraniques. Certains étaient devenus de bons clients depuis. Quelques-uns ont bien tenté de se rebeller, d'agir, de le faire condamner. Jamal s'est alors constitué sa propre milice avec des soldats en activité mais sous-payés. Redoutablement dangereux, ils n'estropiaient que les chanceux. Les autres mouraient. Peu à peu, il y a intégré des jeunes, très jeunes, qui découvraient les joies de la kalachnikov et la dopamine du meurtre en oubliant celles du remords. Des junkies de la sauvagerie. Il leur avait trouvé un nom : les Goodfellas[1]. En hommage à un film qu'aucun d'entre eux n'avait vu. Mais la référence mafia, porte-flingues, Hollywood leur convenait à la perfection. Les vraies forces de l'ordre de Karkar et de sa région.

L'homme de la Maison rose est en bref le propriétaire des lieux, des filles et d'une goûteuse part du gâteau soudanais. Mon seigneur et maître aussi. Celui de tout le monde ici. Il se dit qu'il s'est récemment intéressé à l'or. Ce qui explique certainement les lourdes gourmettes qui encombrent ses poignets. Elles glissent jusqu'à son avant-bras quand il lève la main pour s'octroyer la parole.

Sa voix très claire est parcourue d'orages grondants et rocailleux issus de sa prime jeunesse et des ordres brutaux donnés aux animaux en langue bedja. Il félicite l'assistance : les chiffres sont en hausse. L'affaire tourne bien. On peut faire mieux, mais c'est satisfaisant. Il fait une pause pour que chacune puisse se sentir partie prenante d'une entreprise florissante dégageant des bénéfices. Un sourire. Une liasse de billets tout neufs, encore retenue par le bandeau de la banque, une rareté dans le pays, atterrit sur la table devant lui pour ces damoiselles. Les pattes griffues de la vieille les happent avant que quiconque puisse tendre la main ou s'approcher. Un intéressement, sans doute. Puis son regard se pose sur maman. Insistant, lourd, malsain et gourmand à la fois.

1. *Les Affranchis*, film de Martin Scorsese.

On lui a appris la bonne nouvelle. Un bébé, un genre de chamelet blanc, est né dans son troupeau. En fronçant les sourcils et en baissant la voix, il rappelle qu'il prohibe ce genre d'accidents mais que, compte tenu du métissage du résultat et donc des promesses de nouveau marché, il passera peut-être l'éponge cette fois-ci. Il faut, dit-il, avoir une vision à moyen et long termes pour maintenir la bonne santé de son entreprise. Il souhaite discuter tranquillement de tout ça avec Samsih, maman et moi. Les autres peuvent disposer.

Il exige sa bouteille et s'effondre sur un canapé gémissant. Un flacon de Johnny Walker rouge, étiquette scellée par les douanes égyptiennes, et un verre apparaissent sur la table devant lui. La mère maquerelle s'assied à ses côtés, à bonne distance, sans que je sache s'il s'agit de défiance ou de respect. Nous nous tenons sur un petit pouf face à lui, les genoux de maman presque jusqu'au menton. Je me recroqueville dans ses bras, mal à l'aise. Certains hommes ont la faculté de vous soupeser en balance. Vous êtes sur un plateau, sur l'autre, un amas de grosses – ou de petites – coupures tente de maintenir l'équilibre. J'apprenais à n'être que marchandise. Je sais depuis que le contrepoids est faussé. Toujours et à jamais.

Pour montrer sans doute qu'il n'est pas sans éducation, il commence à féliciter maman et demande des nouvelles de sa santé, puis, plus concerné, de la mienne. Fin des salamalecs. Courtes mais polies. Étriquées mais suffisantes. Il attend à peine la réponse puisqu'il s'en fiche comme de sa première outre. Il enchaîne :

— Bien. Donne-moi le nom du père, je te prie…

— Je ne le connais pas. C'est un archéologue, un Français. Il travaille à Sedeinga. Il ne veut rien faire pour moi ou pour la petite.

— Normal ! Tu pensais qu'il allait s'attacher à sa petite bâtarde ? Non ! Bien sûr. Et tant mieux : elle nous appartient complètement. Pas de complications. C'est une bonne nouvelle.

Visiblement soulagé sur ce point, son verre d'alcool disparaît aussi sec.

— Tu comprends que tu ne dois pas t'attacher ? Cette gamine, c'est de l'or en lingot, une oasis dans les dunes, surtout si elle garde ses yeux verts et qu'elle te ressemble un peu. On va la préserver. Et toi avec. Tu lui apprendras le métier…

— Mais c'est un bébé !

Il hurle :

— Et tu es un investissement ! Je ne sais plus ni où ni comment on t'a trouvée. Je ne veux même pas savoir de quels marais vaseux tu viens. Et je m'en contrefous. Tu es à moi. Je t'ai donné un logement et des habits. Un métier aussi. Un avenir… Une vie… Sans moi, ce truc-là, ce bout de chiffon, n'existerait pas. Ne l'oublie jamais ! Et je te préviens : ne te mets pas en tête de te faire du mal ou de lui faire du mal. À défaut de famille, je trouverai tes amis – tes collègues de travail m'appartiennent déjà – et crois-moi, ils n'aimeront pas ça…

Maman s'effondre, se lève. Me serre plus fort. Ses larmes chaudes me baptisent au pays des hommes. Elle sanglote. Je crie. Lui s'énerve : je fais trop de bruit. Il ignore que, de mes mille ans, je le maudis devant les divinités des sables et des tempêtes, des Furies et des cataclysmes, devant son Dieu et celui des autres. Je les maudis tous. Je prends l'univers à témoin. Qu'il s'effondre maintenant ! Là, tout de suite ! Qu'Armageddon accueille sous mes pieds la toute-puissance divine et terrasse les rois pouilleux d'une terre qui permet à ces animaux de s'y promener.

Nous sommes revenues dans notre chambre. Une fenêtre claque. Maman pleure sur son lit. Elle m'a presque jetée dans mon berceau. Je me tais. Parce que je sais : j'ai été entendue. Le vent qui se lève vient me caresser les joues et sécher les pleurs de ma maman.

Jamal a eu de la suite dans les idées. Un pick-up dont la plateforme se hérisse d'une grosse mitrailleuse sur trépied vient de se garer à l'extérieur de notre enceinte. Il a hâtivement été peint de kaki. Six hommes en descendent et rient grassement. Visiblement très heureux de cette affectation et se pourléchant à l'avance d'orgies de femmes gratuites puisqu'ils sont en mission. Samsih vient à leur rencontre. Elle les bat froid : ils ne sont pas là pour s'amuser. Elle compte sur eux pour se montrer aussi discrets que possible. Et pour surveiller, sans toucher, la mère de la petite pépite. C'est tout. S'ils veulent entrer, ils sont bienvenus tant qu'ils payent. Et pour être claire, ses instructions stipulent qu'ils n'ont pas le droit à l'alcool. Elle y veillera.

Maman décrète qu'elle doit me promener. Elle ira vers le fleuve. La vieille acquiesce et fait signe aux miliciens. Elle pointe le doigt vers le plus jeune, quinze ou seize ans à peine, lui demande de l'accompagner. Il esquisse un salut presque militaire et redresse le menton.

Son visage tout lisse se remet à peine de quelques vilains boutons d'acné. Ses yeux enfouis sous des sourcils trop épais ne réfléchissent ni lumière ni intelligence. Un gamin. Une poupée. Un robot. Un tueur pas encore éclos. Les autres balancent quelques blagues salaces sur sa nouvelle responsabilité et renoncent, terrassés par le regard de la patronne.

Maman observe les environs. Un bruit familier approche. Assim a espionné tout du long. Il déboule sur son fier destrier de métal rouillé. Elle grimpe derrière lui, comme d'habitude. Le soldat cherche au loin et siffle. Très fort. Un touk-touk vert et noir a entendu, il arrive. Il pourra suivre.

Notre motard ne laisse pas le choix à l'ombre armée : elle attendra ici. Il doit parler à son amie sur les rochers à plat, plus bas, près du Nil. L'autre hausse les épaules. Il regardera. Il s'en fiche. Il veut retourner à la Maison rose et découvrir enfin des plaisirs que d'autres que lui ont trop goûté, dont ils ont trop parlé. En attendant il fera le pied de grue sur les hauteurs, c'est d'accord.

Assim résume vite sa conversation avec le Turc. Maman se tord les mains. Dix mille dollars ! Une fortune. Tout ce qu'elle a, et encore, il faudra un peu emprunter pour arriver à la somme complète. Elle secoue la tête, ses lèvres se crispent vers le bas du visage. Quoi qu'il en soit, c'est trop tard. Jamal ne la lâchera pas. Ni elle, ni la petite. Elle sait qu'il est capable de tout et surtout du pire. Partir, c'est mourir à moins de deux kilomètres de Karkar… S'ils parviennent jusque-là…

Son ami lui coupe la parole. Il la prend dans ses bras. Une longue étreinte. Il murmure qu'il ne l'abandonnera pas, qu'il existe une solution. Que rien n'est fait, il suffit d'être plus malin, plus retors, plus obstiné. Ils y arriveront. Mais le premier problème, c'est l'argent. Il en faudra, quelle que soit l'issue de secours qu'ils choisiront. Où en trouver ?

Maman sait qu'il essaie de divertir ses idées noires, de donner à son cerveau frotté au piment de détresse une échappatoire de raisonnement. Elle se prend au jeu. Sourit enfin.

Celui qui a le plus d'argent ici, c'est Jamal lui-même. Quitte à se mettre en danger, autant ne pas le faire à moitié. Le bonhomme reste toujours une nuit à la Maison rose quand il vient. Il goûte les nouvelles, vérifie les arrivages d'alcool de contrebande et s'effondre ivre mort, langue et queue molles. Il doit se promener avec des dollars pour les achats imprévus.

Elle claque des mains comme une petite fille. Elle reprend vie. Sa voiture ! Elle est certaine qu'il n'emmène que de la petite monnaie en livres soudanaises au bordel. Cet homme et sa méfiance exacerbée ne prendraient pas le risque de promener des liasses américaines sur lui dans un endroit pareil. Et il laisse toujours l'un de ses sbires dans son monstre noir soigneusement garé à part. C'est là qu'il faut chercher !

Assim se lève, le regard coquin. Il appelle le plancton là-haut et lui fait signe qu'ils peuvent rentrer. Il a un plan. Et toutes les kalachnikovs du monde n'y pourront rien.

Maman m'a prise dans ses bras. Nous guettons par la fenêtre la grosse berline mal éclairée par les spots posés sur le mur de la Maison rose. Elle a éteint la lumière de la chambre. La nuit crisse sous les criquets et sous les pas des hommes pressés de s'encanailler. Le brouhaha habituel du bordel paraît plus sourd ce soir. Un homme en treillis, le fusil en bandoulière, fait le tour de la voiture. Il tape du pied sur un pneu, sans doute un peu dégonflé. Il pisse contre l'une des jantes. Celui-là n'aime ni son boulot ni son patron. Ma mère compatit. On frappe à la porte. Elle s'entrouvre. Soraya, une amie et collègue, passe une tête espiègle et lève le pouce. C'est parti pour une danse. Et c'est une danseuse redoutable. Très vite, la jolie brunette en gandoura violette – avec échancrure maison au niveau des seins, spécialité de Samsih – ondule près du garde. Elle en fait trop. Maman se crispe. Je le sens parce qu'elle me presse comme une orange. Je lui balance un coup de pied. Rien de méchant, mais j'aimerais avoir la fin de l'histoire avant de suffoquer. L'homme mord visiblement au bel hameçon. Tente de la toucher, mais son arme le dérange. Il la pose contre la portière. Elle tourne autour du véhicule. Il la poursuit. Elle pousse des petits cris étranges comme un oiseau sur un acacia. Tout à la fois appât et piège. Rattrapée, elle lui passe ses bras autour du cou. Ils s'embrassent. Maman me retourne. J'ai envie de lui rappeler que son métier et l'endroit où nous nous trouvons peuvent se passer de bien des pudeurs. Je babille pour la rassurer, elle est tendue comme une corde de oud. La belle glisse une caresse sur le visage de l'inconnu. Elle lui susurre deux mots à l'oreille gauche qu'elle mordille.

Il cherche dans sa poche. Elle le rassure : on verra plus tard pour le paiement, le prend par la main et l'entraîne dans un recoin sombre du jardin.

Une ombre se glisse jusqu'à la voiture, une besace à l'épaule. Assim et ses outils viennent d'arriver. Maman met une main sur la bouche, surprise, heureuse, effrayée. Il se redresse, avise notre fenêtre et nous envoie un sourire comme s'il avait avalé le soleil lui-même. J'en perds le linge mouillé que je suçais avec attention depuis le début. Celui-là, j'en veux bien comme papa. Il ne lui faut que quelques secondes pour déverrouiller la portière. Il l'ouvre précautionneusement et se faufile à l'intérieur. Nous retenons notre souffle. Rien ne bouge. Les amortisseurs de camion de la voiture ne bronchent pas. Notre ami a mis ses sandales de plumes. Une main se pose sur l'intérieur de la vitre, au niveau des sièges arrière.

— Mais retire cette main, par la grâce de Dieu, panique ma mère, comme si la témérité de leur projet venait juste de la frapper.

La paume disparaît. Elle respire enfin.

C'est long. Trop long. Et s'il n'y avait rien là-dedans ? Et si c'était trop bien caché ? Et s'il se faisait prendre ?

Maman me pose sur son lit. Elle va descendre, bafouiller une excuse et le sortir de là. C'est trop dangereux. Un cri. Elle fonce sur notre perchoir. Regarde à nouveau. Soraya tente de faire traîner. L'autre a fini depuis longtemps, la maline sait ce qu'elle a à faire. Le jeune mâle ne peut être que mâle : après avoir donné, il veut se reposer, fier et impudent d'avoir participé à la grande aventure humaine de la reproduction animale.

Soraya, malgré tous ses talents, n'y peut rien. Elle trouve pourtant le moyen de le retenir : il faut passer à la caisse. Nous ne distinguons plus que ces deux silhouettes grises hachées de noir par les branches des bougainvillées. Le ton monte. Visiblement, la dame a intentionnellement fait grimper les prix. Il s'agace, choqué et, bien sûr, fatigué. Il farfouille dans la poche cargo de son pantalon. Elle lui bloque la main et persiste à argumenter. Il est convenu que maman allumera la lumière pour signaler qu'elle peut le laisser vaquer. Elle insiste donc. Le pouce sur l'interrupteur, elle jette un œil à la voiture. Assim n'est pas sorti. Soraya prend le risque de se faire frapper. Les hommes sont rarement patients avec les prostituées. Surtout quand ils ont déjà accompli leur affaire. Il doit s'extraire de là au plus vite. Tant pis : on réfléchira à un autre moyen, un autre trajet, un autre argent... Mais sors de là !

J'ai déchiqueté mon linge avec mes gencives sans dents. La peur excite, inquiète, se propage. Celle de ma génitrice m'enserre. Un pied, une jambe. Un mouvement. Il s'extirpe du pick-up, rampe presque dessous pour se cacher du couple qui s'enguirlande copieusement. Maman appuie sur le bouton. *Fiat lux!* Soraya peut relâcher sa proie. Elle capitule, hausse les épaules, glisse quelques pauvres billets dans son décolleté. Et, grande dame, embrasse sur le front le pauvre soldat totalement déboussolé par ce revirement d'attitude. Pas longtemps. Il se retourne, court vers son arme, la saisit et la pointe vers Assim dévoilé à moins de dix mètres de la voiture par un rayon de lune indolent et maladroit. Notre ami, allongé par terre, se roule, pataud, d'un côté à l'autre comme une tortue retournée sur le dos. Il apostrophe Soraya d'une voix volontairement pâteuse. Et il y ajoute un accent étrange que je reconnais immédiatement : il l'a emprunté au Turc. Si je savais marcher, je courrais vers lui pour l'embrasser. Il explique péniblement tout en allitérations hasardeuses que c'est son tour. Soraya a promis. Il a de l'argent. Il l'a attendue mais elle n'est pas venue. Devant Dieu, c'est son tour. Son visage, bien éclairé maintenant, présente l'image même de la contrition et de la pénitence malhabile du pochard invétéré. Un brave homme soûl comme une cruche d'hydromel. Soraya se penche, lui sourit, le ramasse et lui assure qu'elle s'occupe de lui maintenant. Ils disparaissent. Maman éteint la lumière, s'effondre sur le lit, les bras écartés. Et s'il n'avait rien trouvé ? Elle pleure d'inquiétude et rit de soulagement.

J'apprends. Je viens de naître. Les larmes coulent au lit de plusieurs rivières. Et les humains s'y noient sans toujours en connaître la source.

Le Tang

Notre conciliabule secret se tient encore sur les bords du Nil. Cette fois, Soraya est des nôtres. L'adolescent-soldat, en haut des berges, se remet d'une nuit en carte de pointage qu'il a maladroitement accompagnée plus que vécue. Décontenancé, il se tient mi-figue mi-raisin appuyé sur son arme, symbole d'une maturité sexuelle qu'il imaginait différente sans doute. L'amour sale ne peut être blanchi avec trois billets déchirés et le sentiment mitigé du devoir accompli. N'en restent que papier et slip poisseux. Gentiment, les deux dames lui ont expliqué que cela lui passerait, qu'une vie ne suffit pas à se comprendre soi-même. Qu'il ne retienne que le meilleur. Le pire viendra bien assez tôt.

Assim raconte très vite qu'il a déniché trois liasses de cinq mille dollars cachés à des endroits différents dans la voiture. Il en a peut-être raté, mais il ne pouvait décemment rester plus longtemps là-dedans. Maman approuve et lui demande où il a mis l'argent.

— Ça, ma belle amie, même toi tu ne le sauras pas avant d'en avoir l'usage. Aucun risque : personne, absolument personne, ne pourra le trouver.

Son visage devient plus grave, presque triste :

— J'ai revu le Turc. Il n'est pas idiot. Le vol, connu de tous désormais, et la présence du Chameau ont fait vibrer ses antennes de gros cafard et probablement celles de tous ses congénères dans leurs trous puants. Il suspend ses opérations pour l'instant et m'a clairement fait comprendre qu'il se doutait de ce que l'on tramait. Jamais, a-t-il ajouté, il ne se frottera à Jamal. Trop fort pour lui. Et j'ai cru saisir qu'il l'a aidé pour certains de ses gisements d'or. Bref, il faut emprunter une autre route, un autre passeur ou patienter.

Un long silence. Chacun réfléchit dans coin. Chacun avec ses tics. Les rides du fleuve en miroir sur le front. Assim agite ses mains comme s'il était au beau milieu d'une réparation ardue, Soraya se frotte les paumes contre les cuisses, maman joue du doigt dans l'une de mes très fines mèches de cheveux. Un héron blanc passe puis se pose à quelques mètres, confondu par notre immobilité. Il s'envole : ma mère s'est levée.

— On va prendre un taxi. Ou presque. C'est tout bête. Et je sais exactement à qui m'adresser ! J'aurais dû y penser avant… Le souci, ce sera d'expliquer à notre jeune ami là-haut pourquoi on se rendra demain chez les Français…

Soraya lui lance un clin d'œil aguicheur :

— Je m'en occupe. Tu ne crois pas qu'il est un peu chamboulé, le petit ? Il a besoin d'une maman câline maintenant. Je m'y colle. Jusqu'à un certain point, hein ? C'est quand même pas Idriss Elba, le gamin… Mais tu ne couperas pas de toute façon à prévenir le crocodile. Et là, ça sera à toi de jouer…

Samsih a d'abord exprimé toute son indignation, sa réprobation et quelques menaces suffisamment précises pour être effrayantes. Maman lui a expliqué qu'elle lui donnerait une part de ce qu'elle arracherait au père de son enfant. Il n'allait pas s'en tirer comme ça ! Et – qui sait ? – elle trouvera peut-être là-bas de nouveaux clients. Puisqu'elle était « protégée » désormais et donc au chômage technique, pourquoi ne pas la laisser jouer les rabatteuses ? Elle saurait faire… La vieille a comiquement penché la tête d'un côté de l'autre, longuement regardé son employée, soupesé le peu de pour et le contre en nombre, rectifié un pli de sa robe et acquiescé avec l'air de celle à qui on ne la fait pas. Elle irait, c'est d'accord, mais escortée par les hommes de Jamal. Et qu'elle ne s'avise pas de les laisser toucher à l'argent ! Ma mère a approuvé et précisé qu'elle s'y rendrait avec Assim et Soraya. Débarquer chez les Français avec des hommes armés n'était sans doute pas la meilleure idée pour attirer le chaland. Son ami lui servirait de caution mâle et sa collègue d'échantillon de démonstration des talents de la Maison rose. Les duègnes miliciennes resteront à l'entrée.

Les deux femmes étaient sur la même longueur d'onde. Pour une fois.

Nous étions quatre sur la moto. Je ne pèse rien, mais ses sacoches semblaient embarquer un déménagement. Le pauvre engin n'en pouvait plus, il crachait sombre son épuisement. Nous avions manqué de tomber à une trentaine de reprises sur les quelques kilomètres du trajet, chaque fois, Assim rattrapait la trajectoire, chaque fois, il prenait une claque derrière la tête. Maman protestait, me protégeait et se détendait aussi. J'étouffais un peu entre le dos de ma mère et les seins de Soraya, mais je m'amusais follement.

J'ai mille ans. J'ai appris à rire au présent, à toiser au passé et à ignorer au futur. J'ai trop vécu pour me préoccuper d'une ligne de vie hachurée… Ou pas assez. Même finalité !

Derrière nous, suit un tout-terrain des Goodfellas, quatre hommes dont notre adolescent timide, à l'intérieur, tous armés comme s'ils allaient repousser l'armée de Kitchener[1] lui-même.

Nous nous plantons entre l'enceinte des habitations des archéologues et les bâtiments qui leur servent d'entrepôt ou de laboratoire. Les soldats se sont étrangement arrêtés à la limite du camp. Soit ils comprennent la pancarte en français, soit ils ont reçu des ordres assez précis. Maman s'avance, seule. Si belle, si forte. Je suis si fière. Une très fine brise balance la mèche sur son front en crochet à âmes perdues, son cou fin, ses hanches étroites et son dos cambré semblent avoir été adoubés depuis toujours par les déesses du désert. Elle est l'une d'entre elles. Tout à la fois reine et divine. Le soleil, de face, l'illumine en la saluant, un effleurement respectueux. Le sable la porte, comme s'il laissait une distance protocolaire à la plante de ses pieds. Elle ne marche pas, elle glisse.

Maman. À jamais. Maman.

1. Général anglais, conquérant du Soudan en 1898.

Prévenu par ses ouvriers, le géant, Charles, arrive à grands pas, essoufflé. Un large sourire sur le visage, le regard interrogatif. Il est couvert de poussière, s'ébroue un peu, trouve l'élégance de s'en excuser, puis nous invite à entrer dans la cour. Il bombe involontairement le torse et serre brièvement les poings en apercevant nos suiveurs au loin. Celui-là sait se battre ou reconnaît le danger. L'un ne va pas sans l'autre. Trois carcardets[1] se matérialisent, à l'ombre, sur une table basse en osier. Il écarte les bras comme pour nous accueillir, nous et nos désirs. Sa voix grave demande simplement ce qu'il peut faire pour nous.

Maman nous présente tous. Moi, compris. Elle dégage un pan de mes langes pour dévoiler mon visage. Il passe une main comme un toit sur mes cheveux. Me donne son petit doigt à agripper. J'ai la menotte trop étroite mais j'apprécie l'attention, s'il avait un peu de lait maternel, ce serait parfait. Merci. J'ai faim.

Maman commence à expliquer la situation. Il l'interrompt poliment. Un autre homme arrive. Il l'attendait. Lui aussi est grand, très barbu, les bras tatoués, une casquette à la Che Guevara sur la tête… Ses yeux noirs abritent un orage que je devine plus enclin à tonner à l'intérieur que destiné à foudroyer les autres. Il s'assoit, se présente, Mathieu, patron des archéologues français au Soudan – il fait des recherches ici –, et invite d'un signe ma mère à poursuivre.

1. Boisson nationale du Soudan : infusion de fleurs d'une variété d'hibiscus. Se boit froide.

Elle édulcore certes notre histoire, mais enfin tout le monde y est, ou presque : la Maison rose, Samsih, Jamal, le Turc et nos sombres perspectives. Elle conclut en demandant si mon géniteur est là. C'est Mathieu qui répond :

— Nous avons estimé qu'il n'avait plus rien à faire ici. Contractuellement, c'était difficile de le renvoyer. Je lui ai donc confié un travail à Khartoum. De l'archivage essentiellement. Il finit sa mission dans trois semaines. Vous ne le verrez plus, à moins que vous ne le désiriez...

Elle secoue la tête, plutôt marcher sur des tisons, puis enchaîne :

— Je n'ai besoin que de son nom. Un jour, peut-être, ça pourra lui servir, ajoute-t-elle en me pointant du menton. Mais ce n'est pas là l'essentiel. Ma fille ne sera plus jamais en sécurité ici. Elle doit partir. Nous devons tous partir.

Elle saisit Assim par l'épaule, comme pour l'enrôler.

— Vous m'avez dit que je pourrais compter sur vous. Nous avons besoin d'un abri pour la nuit et de voir ensemble jusqu'où vous pourriez nous emmener. N'importe où. Loin de ce cauchemar, loin de de tout ça... Ils ne feront pas à ma fille ce qu'ils m'ont fait, à moi ou à Soraya.

Les deux femmes se tiennent par la main. Les douleurs sœurs sont jumelles, effroyablement silencieuses et d'une force à noyer deux cœurs siamois. Une larme sur le visage de maman. Une rivière sur celui de son amie. Il est des souvenirs qui vous enchaînent au fond du désespoir, sans rémission. Le trop-plein déborde par les yeux.

Assim se trémousse, mal à l'aise. Il se racle la gorge et à son habitude revient à un pragmatisme sans faille. Il explique la présence des hommes armés et précise qu'il faudra les tromper sans mettre en danger tout le personnel des fouilles.

— Nous les connaissons, tranche Charles d'un ton sombre. Et nous avons la parade. Ce n'est pas la première fois qu'ils viennent nous enquiquiner, ces cow-boys... Si je me souviens bien, ils ont tenté de nous racketter il y a quelques années, sous prétexte de nous «protéger». Ils ont découvert à cette occasion que même eux ne peuvent se mettre à dos les chefs de village dont nous employons les hommes tous les ans. Il faudra que je passe deux ou trois coups de fil quand même, que je me fende de quelques visites... Il faut la jouer fine, peut-être céder un artefact, ajoute-t-il en regardant son collègue comme pour avoir son accord.

L'autre approuve.

— Vous allez acheter notre liberté? demande maman.

— Oui, d'une certaine façon. Notre ami Jamal possède une milice. Bien. Ce n'est pas le seul. Le Soudan est dirigé par une milice bien plus forte, n'est-ce pas? C'est à elle qu'il faudra faire appel et elle qu'il faudra rémunérer. Une antiquité méroïtique, propre, nettoyée, de bonne facture, s'échange à grand prix sur le marché clandestin de l'art.

— Mais vous avez le droit de faire ça? s'étonne Assim.

— Non! Absolument pas, sourit Mathieu. Sauf s'il s'agit d'une réplique de travail très précisément fabriquée par nos soins et scrupuleusement indexée pour qu'elle ne se retrouve pas n'importe où… Et que tout cela reste entre nous. Bien entendu…

Un clin d'œil. Un sourire à croquer un tronc de palmier… Ils partent en fou rire. Et nous entraînent avec eux.

La nuit, à son habitude, est tombée sans sommation. Les Français nous ont trouvé deux petites chambres mitoyennes. Maman et moi d'un côté, Soraya et Assim de l'autre. Laquelle n'a pu s'empêcher de soupirer fort en remarquant que, pour une fois, elle pourrait dormir avec un homme sans donner de sa personne, mais sans gagner d'argent non plus. Le monde était décidément mal fichu. Notre ami a rougi comme une grenade trop mûre et a tenté de se cacher derrière l'une des mauvaises couvertures chinoises bariolées qui trônait sur son lit. Nous avons ri deux fois dans la journée. Incongru.

Maman m'emmène au dîner des Français. Une grande table, des chaises bigarrées et plus de nourriture sur la table qu'il n'en faut pour nourrir un troupeau de bœufs entier. Je jubile. Ça parle fort dans cette langue qui chante et cogne au rythme de l'agitation des mains des convives. Le plus étonnant, ce sont les mimiques : ce que ces gens sont capables d'infliger à leurs visages pour faire passer un sentiment, une idée, un simple point de vue… Je comprends le français en film muet. Et j'adore. Maman aussi. Ils sont tous très polis et tentent, pour ceux qui baragouinent un peu d'arabe, de lui faire la conversation. Je découvre au passage qu'elle peut se débrouiller en anglais. Nous sommes encadrés par Mathieu et Charles en cariatides. Les petites jeunes de l'équipe viennent me chercher, m'installent sur des traversins très confortables et jouent avec moi à la poupée ou à la maman.

J'apprends la gentillesse. Je ne suis pas habituée. Je m'y ferai. Je crois.

Assim a déjà eu le temps de réparer une pompe endommagée par les années et mime, à la française, les travaux qu'il peut effectuer sur une vieille camionnette qu'il a repérée et dont il a compris qu'elle ne roulait plus depuis deux ans.

Soraya, étonnamment, trône. Littéralement. Elle a glissé deux coussins sous son séant. Elle domine. Avec une élégance innée, elle condescend à distribuer un sourire par-là, un geste auguste par-ci. Elle arrive même à prononcer quelques mots dans leur langue. Grande dame. Je soupçonne une histoire compliquée. Quelle pute de bordel parle français, même un peu, avec un tel port de tête ? Un jour, elle me racontera…

Si elle veut.

Si elle peut.

Elle illumine le repas et nombreux sont les jeunes papillons de nuit mâles attirés par sa lumière… Elle les captive. La discussion en arrive à la saison de nimittis[1]. Ils lui expliquent, contrits, qu'ils ne peuvent plus travailler dehors, mais que certains d'entre eux restent là malgré tout. Qu'ils s'ennuient… Elle hoche doucement

1. Minuscules mouches piquantes, qui arrivent en grande nuée, très agaçantes. L'équivalent des *midges* écossaises.

la tête, fait semblant de ne pas saisir. Si elle l'exigeait, ils s'agenouilleraient.

Maman repère la jolie frimousse en kaki qui avait hérité des hanches disco du père de son enfant. Elle lui sourit. L'autre essuie une larme. Puis se lève et vient l'enlacer. En silence. Charles se gratte le front. Ce grand costaud a du mal avec les émotions ostentatoires. Ou les émotions tout court, qu'elles soient démonstratives ou pas.

Maman fronce soudain les sourcils, rougit un peu et tend le bras vers un gros pot orange vif. Je la vois battre des cils et des doigts avec impatience. Mathieu a compris, saisit le Tang et le lui passe avec le sourire complice d'une paire de gamins les mains dans le même paquet de bonbons volés. Elle lui explique qu'elle en buvait les jours de fête quand elle était plus petite. Lui aussi. Ces deux-là se mettent à touiller à la cuillère la poudre dans leur verre d'eau avec le sérieux d'un tailleur de diamant avant le clivage.

Certains rituels vous font emprunter les traverses du passé, vous renvoient en chrysalide à l'abri dans un cocon amniotique. Elle se saisit de mon chiffon tétine et y dépose deux ou trois gouttes de son élixir pour m'inviter dans sa cabane d'enfant. J'ai les papilles qui se rebellent, s'irritent et se régalent.

Elle se lève, m'emmène dans la cour, me montre les étoiles en lucioles d'espoir. Elle respire fort, prend de grandes inspirations. Elle grave le moment sur sa pierre. Elle le pétrifie pour le conserver.

J'ai mille ans. Je sais. Les humains passent leur temps à visiter un cimetière encombré de souvenirs en sépultures dans leur mémoire. Ils y sont heureux par procuration temporelle. Et pourquoi pas ?

Charles et Mathieu nous rejoignent. Ils ont déniché un liquide jaune qui empeste l'anis. Je le sens de loin. Ils dégagent une haleine à soûler les moustiques. De l'alcool. Bon. Ils sont Français, eux au moins n'ont pas besoin de se cacher pour boire.

Ils expliquent à maman qu'ils ont eu qui de droit au téléphone. Les renforts arriveront le lendemain. Le détachement viendra de Dongola. Il faudra patienter jusqu'au soir. Mieux : le commandant de la petite troupe que l'on nous envoie est du coin. Ils emploient forcément l'un de ses parents, un cousin, un frère ? Peu importe : peut-être y aura-t-il moyen de s'arranger avec lui. Elle leur demande ce qu'ils savent du voyage par la Libye. Leurs épaules s'affaissent. Non ! Absolument non ! Hors de question ! Autant embrasser le dard d'un scorpion ou se jeter aux crocodiles. C'est la mort assurée. Et avec un bébé ? Impensable. Ils sont terrifiés et me regardent comme si j'étais déjà froide. Ils se reprennent. Qu'elle leur laisse une nuit de sommeil pour penser à une autre solution. La meilleure et la plus simple étant de demander l'asile par les voies officielles. Ils appuieront sa demande. Plus long certainement, mais infiniment plus sûr. On ne meurt pas d'une avalanche de formulaires administratifs. De la traversée libyenne ou méditerranéenne, si… Elle secoue la tête. Chaque heure qui passe me met en danger, la met en danger, les met en danger. Elle leur répète ce qu'elle sait de Jamal, son pouvoir, sa toute-puissance, et sur ce qu'il veut faire de son enfant. Il faut s'enfuir et advienne que pourra… Ils hochent la tête et insistent : une nuit et un jour pour y penser. Ils trouveront.

J'ai fait ma première nuit entière. Pas tout à fait. Je me suis réveillée souvent. J'ai voulu crier. J'avais faim et mes gencives me perturbent. Normal. Mais la respiration profonde de maman, cette façon de dormir sur le dos et non plus recroquevillée en chien de fusil, les ronflements de Soraya de l'autre côté du mur… Elle mérite, ils méritent tous, une pause, une retenue dans la cascade de drames qui nous accablent.

J'ai mille ans. Je sais bien que les humains sont comme les rochers contre les vagues : ils tiennent bon, puis sans prévenir se fendent en deux, disparaissent, deviennent sable.

Je leur offre une marée basse.

Le chantier s'anime avant que le soleil ne le lui ordonne. Le seau d'eau froide sur le dos de maman en guise de douche lui fait pousser des petits cris de fillette. Douillette, va. Elle change mes linges en me frottant à la même eau. Je comprends mieux. C'est glacé. Assim sort de la salle de bains sommaire en s'ébrouant. Il a une chair de poule à se faire déplumer, saute sur place et sourit comme s'il découvrait le monde. Soraya est déjà levée, nous explique-t-il. Elle a pris cent dollars de notre trésor de guerre et les a offerts aux gardes de Jamal en compensation de la nuit passée dehors et en avance pour leur patience. Elle leur a confié que les « affaires » marchaient mieux que prévu et qu'un jour ou deux de plus serait profitable pour tout le monde.

Il est parti, lui, en reconnaissance : les ouvriers locaux sont arrivés pour travailler sur les fouilles, regroupés sous l'autorité de Charles qui leur a confié leurs tâches. Il tord la bouche. Il en connaît un bon quart, ce qui signifie qu'une bonne moitié d'entre eux, en étant optimiste, est habituée de la Maison rose. Certes, Samsih sait que nous sommes là, mais le mieux serait de rester discrets. Maman désapprouve. Puisque la vieille attend d'elle qu'elle joue les rabatteuses, elle va se montrer et Soraya papillonner. Ils lui ont vendu un conte des *Mille et Une Nuits*, elle sera Shéhérazade et Soraya, Douniazad[1].

J'ai mâché du sable comme jamais. Les archéologues creusent, frottent, balaient... Ils travaillent dans un halo terracotta et soulèvent un haboub[2] de l'enfer. Maman leur a apporté de l'eau toute la journée. Elle s'est même amusée à monter sur une étrange colline artificielle faite de briques pilées et de fins cailloux pour manier le grand tamis qui leur sert à vérifier que leurs déchets ne comportent aucune pièce importante oubliée. Les manches de sa gandoura remontées sur ses avant-bras, le foulard de travers, le visage ocré de terre cuite et un petit mot gentil chaque fois pour celui qui grimpe avec sa brouette à filtrer... Une autre vie. Une autre femme. Sous le même ciel. Mais ce n'est pas lui qui décide...

Elle est encore sur le tell, quand le premier coup de feu déchire la trame de sa fable.

---

1. La sœur cadette de Shéhérazade.
2. Nom soudanais pour les tempêtes de sable.

Le démon

Assim s'est jeté sous le plancher de la camionnette qu'il tente de réparer, priant pour que les parpaings effrités et les vieilles souches qu'il a glissés pour la surélever tiennent bon. Il s'écorche le dos, n'en a cure. Les renforts, issus de la force d'action rapide du pays, une milice assassine devenue officielle, se sont tranquillement garés. Ils sont sortis de leur voiture paisiblement. Six hommes, six AK47, deux lance-roquettes et un arsenal que leur tout-terrain a bien du mal à cacher, pour peu qu'ils le souhaitent. Les Goodfellas se sont regroupés pour les accueillir. Le commandant des RSF[1] a lancé un «*Salam Aleykoum*» sérieux mais cordial, puis s'est présenté : un grade, capitaine, et un nom dont le mécanicien ne retient que «Salah».

Il a avisé le plus vieux – à peine trente ans – des troupes de Jamal et lui a expliqué qu'ils prenaient le relais sur ordre de Khartoum. Son interlocuteur a levé

1. Rapid Support Forces, très notoirement connues pour leurs crimes et exactions, notamment au Darfour, et pour la guerre civile qui ensanglante le Soudan depuis 2023.

les yeux au ciel : faire régner une petite terreur sur un recoin du désert et quelques villageois, pas de souci… Mais se frotter à ceux-là, des « vrais » guerriers à la réputation épouvantable, au pouvoir en place, à la junte de Khartoum… Une autre paire de manches. Il demande sans rechigner quelques minutes pour faire les paquetages et s'en aller. Puis fait remarquer au passage qu'un ordre officiel et écrit serait le bienvenu : il a un patron, lui aussi. Il lui devra des comptes et il ne paiera pas les pots cassés. On devrait pouvoir s'entendre. Entre militaires. Salah le regarde comme s'il découvrait un termite égaré, échappé de son monticule de terre. Le ton change. Il leur intime l'ordre, à lui et à ses « pouilleux », de dégager la place. Maintenant ! Et ajoute, goguenard, que l'autre peut s'essuyer les fesses après la selle avec son soi-disant « ordre écrit ». Ses hommes rient trop fort, une diversion pour cacher leur déplacement. Ils connaissent leur affaire, désormais déployés en éventail, ils couvrent tous les angles de tir. Ils se taisent dorénavant, menaçants et silencieux. Professionnels.

Le petit jeune, le garde-chiourme de leurs conseils des bords de Nil, tout récemment dégrossi, triture son fusil d'assaut. La bouche ouverte, il macule son treillis de salive claire, le corps parcouru de frissons, les bras comme épileptiques. Ses doigts s'agitent sur le bois de la crosse comme les pattes d'une araignée prise au piège. La panique le saisit, l'enveloppe, emprisonne le raisonnement pour le relâcher et l'accélérer en tombereau de détresse. Elle crie à la mort, pour l'obtenir ou la fuir. Vivante, ventousée aux tripes, elle s'anime et l'aspire, le recouvre tout entier, le phagocyte.

Elle devient lui.

Il est la panique.

Il la laisse agir et appuie sur la détente, ne vise personne sauf sa propre épouvante. Surpris par le recul de l'arme, sorti soudain de sa transe par le bruit et les secousses contre son corps, il tire trop haut, ouvre grand les yeux vers le ciel. La rafale arrose les nuages. Une balle, une seule, l'envoie trébucher trois mètres en arrière, désarticulé. Le sable boit rouge. Il a encaissé en se dégonflant comme une baudruche percée. Il râle, tente d'extirper l'intruse de plomb de son poitrail, puis se fige, bizarrement tordu. Salah hurle halte au feu. Les autres ont failli riposter. Il marche vers le corps en ignorant le cliquetis des kalachnikovs pressées de cracher leur métal. Il se penche. Assim remarque que le capitaine a un bras un peu emprunté, gêné. Le gamin l'a touché. L'autre main tient un pistolet. Il le pose à terre, murmure une prière, tapote la joue du gamin.

— Tu n'aurais pas dû… Qu'Allah t'accueille et t'offre le repos…

Il se relève et cette fois pointe son arme sur son homologue.

— Vous partez, maintenant. Et vous emmenez ce môme. Enterrez-le dignement et dis à ton boss qu'il est le suivant, s'il insiste. Je le retrouverai. Je le connais. J'ai presque grandi ici. Voilà trop longtemps qu'il y traîne. Foutez-moi le camp !

Ils jettent leur camarade sur la plate-forme du pick-up comme un simple fétu de sorgho, s'y entassent, encombrés par leurs fusils, et démarrent en marche arrière. Ils détalent. Assim sort de sa cachette, les bras en l'air. Les ouvriers se précipitent en foule, vite fendue par Charles, Mathieu et Soraya.

— Putain de merde ! hurle le premier sans que la moindre traduction soit nécessaire.

J'arrive dans les bras de ma mère essoufflée. Elle pleure.

Les Français ont dû calmer tout leur monde. Et en renvoyer certains chez eux. Laisser les autres reprendre le travail tant bien que mal. Ils ont installé Salah sur un ample fauteuil à l'ombre de la cour commune, lui ont fait enlever sa veste et le tee-shirt de camouflage beiges et marron maculés de sang. Je comprends soudain les couleurs choisies pour leurs treillis. Les taches sanguines, rouge-brun, s'y fondent à la perfection. Cacher la mort en dernier refuge. L'ultime parade du soldat. Sans doute. Soraya se penche sur sa blessure : une vilaine éraflure, une grosse coupure. Mathieu apporte la trousse de secours. La belle tamponne la plaie de désinfectant. Son patient ne bronche pas. Il a un visage fin, très arabe, une moustache dessinée clairement et bien fournie. Ses pommettes hautes seules se permettent de tressauter jusqu'à pincer les narines de son nez fin et busqué quand son « infirmière » applique une compresse puis le bande. Il se lève. De la taille d'Assim, plus fin et plus musclé, il aurait probablement été de la même constitution si ce n'avait été un coureur du désert. Un nomade. Et un assassin.

Il remercie Soraya très gentiment dans notre langue, puis s'excuse en anglais auprès des archéologues. Il ne voulait pas de ça ici, il est né au Darfour mais a été élevé dans les parages, son père, enfin son beau-père, travaille au village à deux kilomètres, il en est le boulanger.

Charles lui indique que c'est chez lui que l'on commande le pain… Un brave homme. L'autre s'incline et sourit. Il croit savoir que son neveu fait la saison sur le chantier de fouilles. Ils vont être surpris de le voir : voilà cinq ans que son unité était stationnée au Nord-Darfour. Ils sont revenus à Khartoum seulement il y a six mois. Il a été choisi pour la mission parce qu'il connaît par cœur les parages. S'il avait su… Mais bon… Le petit a pris peur. On peut comprendre. Ils sont nombreux à réagir comme cela au premier engagement. Lui-même n'a pas échappé à la règle. Mais, à l'époque, il n'avait pas tiré en dépit du bon sens. Il n'était pas mort. Pas encore. Un voile sombre passe dans ses yeux.

J'ai mille ans. Je le connais bien, ce rideau occultant de l'âme, il cache un vide : le trou noir du cœur. Ceux qui ont tué perdent leur humanité au goutte-à-goutte. Ils se vident lentement, inexorablement. Pire, ils ont comme gobé de l'antimatière. Elle les ronge doucement, éteint la lumière de leur étoile intérieure. Et sans elle, ils peuvent massacrer encore, sans limites.

Il n'y a pas de remède.

Charles lui propose de rendre visite d'abord à sa famille et de revenir malgré tout assez vite. Il faut qu'ils discutent tous ensemble. Salah jette un regard circulaire. Assim, maman et moi sommes effleurés. Il s'attarde sur Soraya. Il indique qu'il sera de retour dans deux bonnes heures. Sans faute.

Ce n'est plus un conciliabule mais un conseil de guerre qui se tient dans un recoin de la salle à manger. Maman me pose sans plus de façon sur l'un des gros coussins qui encombrent le sol. Ils s'assoient tous sur les bancs très bas ou sur les traversins. Chacun prend le temps de se caler et de siroter son carcadet. Assim trouve le courage de briser le silence et, encore secoué par les événements, lâche imprudemment à peu près toute notre histoire. À peine a-t-il la présence d'esprit de ne pas parler de l'argent. Mais la Maison rose est clairement évoquée. Plutôt trop que pas assez. Le milicien ne bat pas d'un cil. Je ne sais pas si je dois être rassurée ou terrifiée. Maman ramène ma couverture sur moi comme pour me cacher. Il faut avoir peur. D'accord.

Charles couvre de la voix la légère cacophonie qui règne et le croisement sans queue ni tête des questions à l'un, et des réponses de l'autre.

— Il me semble clair, dit-il, qu'il faut les escorter à l'abri. Là où ce Jamal ne les atteindra pas ou ne pourra les atteindre. Khartoum, peut-être… De là, j'essaierai de faire en sorte que l'on puisse accélérer un peu le processus d'asile. Je suis désolé, complète-t-il à l'intention de ma mère, j'insiste, mais prendre un autre chemin avec un bébé, c'est simplement du suicide…

Salah approuve. Puis se frotte le nez d'une façon comique, comme s'il voulait l'araser.

— Je savais que Jamal était mêlé à tout ça et, pour tout vous dire, il a beaucoup déplu et probablement pas assez dépensé dans la capitale. Certains de ses circuits de contrebande contrarient en haut lieu. Et son extraction d'or fonctionne trop bien pour lui, pas assez pour le nouveau gouvernement. Bien. J'ai les mains libres avec lui et sa bande de voyous. J'ignorais le reste. Il faut réfléchir. Mais d'abord, se débarrasser de ce *naga*[1] puant. Quoi que vous décidiez de faire, il faut le retirer de vos pattes. Je pense qu'une petite discussion avec lui s'impose. Je vais faire passer le mot. On verra bien. Et prévenir ma hiérarchie de ce que je fabrique avant qu'il ne leur déverse suffisamment d'argent sur la tête pour les faire disparaître tout entiers. Et nous avec.

Il lance un clin d'œil à Mathieu :

— *C'est la vie…*

Tout le monde parle français ici, sauf moi. C'est vexant.

La journée s'étire sans gaieté. Maman se promène sans but pendant des heures puis s'assoit et reste immobile de longues minutes avant de se relever et de reprendre sa marche fantomatique. Soraya distribue eau et sourires. La première par nécessité, les deuxièmes par réflexe. Assim s'échine à reprendre sa propre logique : disposer les pièces par terre, les nettoyer et laisser faire le bon sens. Il a proprement déboulonné la camionnette et s'agite, couvert de graisse et de rouille agrégées, dans un champ de mine de pièces détachées.

Il est le premier à voir revenir le tout-terrain de Salah. Lequel le salue à peine et aboie des ordres à sa troupe, le doigt pointant à chacun de ses soldats une position protégée à l'entrée du chantier de fouille. Les

1. « Chameau » en nubien.

deux porteurs de RPG[1] grimpent sur les toits plats, de chaque côté de la route. Notre ami vient nous chercher en courant. Soraya part demander des nouvelles. Jamal approche. Il a accepté de discuter. Il ne sera sans doute pas seul. Autant se positionner. Quelques hommes du village viendront par-derrière pour l'encercler. Le capitaine mène rondement sa petite guerre, en habitué. Il saisit soudain la belle par les épaules. Il faut qu'elle prévienne maman. Elle devra être là, avec la petite. C'est convenu ... Désolé, pas moyen de faire autrement, le mafieux a insisté : le préalable à toute négociation. Les Français, eux, doivent rester à l'écart. Derrière les murs. Épais, les murs, si possible.

Soraya et Assim supplient maman de les laisser l'accompagner. Elle refuse tout net. Et me pousse dans les bras de Soraya :

— Quoi qu'il dise, quoi qu'il ait en tête, il ne la verra pas. Il ne l'aura pas. S'il m'arrive quelque chose... Tu sais... Tu pourras...

Elles s'étreignent en sanglotant.

— Je te la garde, mais pour un court instant. Je suis trop jeune, moi, pour être maman...

Ma mère me caresse les cheveux, les doigts tremblants. Je hurle. On ne m'arrachera pas à elle. Je ne suis rien. Mille ans de rien. Une infinité de manque. Et la terreur la plus pure. Elle me parle. Je ne comprends pas. Je ne veux pas entendre. Son amie m'emmène derrière la cour. Elle me rassure :

---

1. Rocket-propelled grenade : lance-grenade.

— Chhhhh… Chut. On va se tenir au courant toutes les deux, mais tu dois me promettre de te taire…

Elle empile quelques caisses destinées à embarquer les antiquités. Les branches du gros neem qui pousse à l'extérieur de l'enceinte nous dissimuleront. Au-dessus de nous, un soldat et son lance-grenade nous observe en hochant la tête de désapprobation. Puis reprend sa veille. Je me calme. Un peu. Je sais que le chameau ne doit pas m'entendre.

Je viens de naître et j'apprends à ne pas être pour survivre. J'ai mille ans. Je sais que les spectres sont éternels et les humains périssables.

Assim nous rejoint sur notre perchoir. Il est en sueur, son visage hésite entre le jaune et le vert. Il sent l'urine. Je ne veux pas savoir. Je ne suis pas la seule à être terrifiée.

Jamal fait face à Salah. Derrière lui, sa grosse voiture noire et une dizaine d'hommes armés. Il s'est habillé à la soudanaise : gandoura blanche et foulard de la même couleur sur la tête. Son ventre pointe sous le tissu. Il s'appuie sur une canne en bois d'ébène au pommeau en argent, un héritage de la colonisation anglaise, certainement. Le fourreau du couteau traditionnel des chameliers, lié en cuir sous le biceps gauche, déséquilibre la silhouette. Il veut en imposer, s'est déguisé en mélange de sommité locale et de riche éleveur. Salah crache par terre et sourit à blanc. Indifférent. Prêt à tuer puisqu'il est déjà mort. Un démon sachant qu'il va devoir besogner. Ni plus ni moins que d'habitude, menace indolente et presque nonchalante. Le contrebandier plisse le front. On ne regarde sa fin qu'une fois.

Elle lui fait face.

Les deux hommes se décalent légèrement, se tiennent à trois mètres l'un de l'autre. Salah appuie tranquillement ses avant-bras sur sa kalachnikov glissée en bandoulière. Le dos droit. Les jambes un peu arquées. Il est en position de tir sans le montrer. Malin. Leurs ombres s'étirent à angle droit. Le Chameau fait un signe apaisant de la main. D'abord à ses hommes, très nerveux, puis à son interlocuteur dont le visage ne dévoile guère que de la prédation. Le vieux salue. Il interpelle le militaire en l'appelant par son nom complet et lui souhaite un bon retour chez lui. Le duel commence. Il lui montre qu'il s'est renseigné. Il poursuit :

— J'ai contacté vos supérieurs. Ils ne tarissent pas d'éloges sur vous. Nous nous sommes entendus. Moyennant un bien naturel et généreux dédommagement pour votre trajet jusqu'ici et pour votre peine, vous me laissez la fille et la gamine. Gagnant, gagnant.

— J'ai dû joindre alors les supérieurs de mes supérieurs. Voici un autre marché. Vous décampez. Sans revenir. Et j'évite de vous tuer, je vous laisse Karkar et ses dégénérés, leur Maison rose et les putes qui y traînent, éventuellement quelques-unes de vos filières vers la Libye et l'Égypte. C'est tout. Vous oubliez le reste, tout le reste : vos circuits d'acheminement vers Dubaï et l'Arabie Saoudite, et les comptes en banque que vous y avez, vos petits convois personnels. Et bien sûr, les deux filles.

— Je ne vois pas la petite, se contente de répondre Jamal, en fusillant du regard maman qui se tient à un bon mètre derrière Salah…

— Et vous ne la verrez plus.

— Je…

— Vous ne comprenez décidément rien, le coupe le milicien. Vous êtes fini. Et s'il faut le prouver. Soit.

Il fait un geste des deux doigts comme pour indiquer une marche avant quelconque. Un crachotement, un sifflement, puis comme un souffle inversé. Une explosion. La voiture noire la plus éloignée d'eux vient de partir en fumée. Deux hommes restent à terre à une vingtaine de mètres de l'épave fumante. Des morceaux de tôle s'écrasent autour. L'un d'entre eux vient percuter méchamment la carlingue de la vieille camionnette. Assim gémit. Maman s'est accroupie. Soraya me couvre les oreilles. Un peu tard. Des cris. Des courses. Les Goodfellas vont répliquer. Salah ne bouge pas. Il interroge son adversaire d'une mimique, son arme pointée sur son ventre. Celui-ci écarte les deux bras en signe d'apaisement et ordonne, en partant étrangement dans les aigus, à ses hommes de se tenir tranquilles. Il réussit à sourire :

— Vous n'êtes pas assez nombreux pour jouer à ce jeu-là. Et notez qu'un massacre ne fera pas de vous un héros dans la capitale…

— Vous avez raison sur le nombre. C'est pourquoi j'ai fait appel à quelques amis.

Le nuage de poussière que je n'avais pas remarqué, au loin, derrière les tout-terrain de Jamal et la fumée noire de la voiture éparpillée, commence à prendre forme et voix. La roquette a fait coup double : destruction et signal de départ. Les villageois des environs, une quarantaine d'entre eux, marchent vers nous.

— Ils ont des comptes à solder avec vous. Avec nous aussi, bien sûr. Mais vous êtes avant le gouvernement sur la liste.

— Je peux vous retrouver et en faire une affaire personnelle…

— Je peux vous tuer maintenant sans en faire une affaire personnelle… Je peux débarquer dans l'un de vos entrepôts et y mettre le feu, je peux trouver profitable de reprendre à mon compte quelques-unes de vos combines… Et je peux aussi aider les enfants de Dieu derrière vous à vous bastonner à mort. Ou à vous lapider ou à vous noyer dans le fleuve. Ils décideront. Là non plus, je n'en fais pas une affaire personnelle… Si c'était le cas, je vous brûlerais vif… Pour finir.

Les hommes de Jamal se sont retournés. Ils hésitent. Protéger leur chef, faire face aux soldats ou échapper à la foule… Peut-être tirer en l'air pour la disperser… Leur patron hausse les épaules, se réajuste sur sa canne puis claque de la langue. Il s'autorise un clin d'œil :

— Si mes « combines » vous intéressent, je suis ouvert à toute collaboration. Vous avez démontré que vous pourriez être un associé utile et déterminé. Qu'en dites-vous ? Vous oubliez l'aumône que vous accorde – quand il paye, s'il paye – le gouvernement et on multiplie par dix mille vos revenus à l'année. Au bas mot…

— Et pourquoi tendre la main quand elle peut tout prendre ?

Jamal ouvre la bouche pour répondre. Puis la referme. Une perche hors du Nil, se débattant avec ses propres contradictions. Il doit céder. Il le sait mais la fierté, l'ego le poussent à chercher encore une solution.

— Je ne me préoccupe plus des filles, je garde mes petites affaires et j'augmente mes propres « impôts » à qui de droit. Vous m'oubliez et j'en fais de même. Vous expliquez à vos chefs que j'ai été compréhensif, que je les salue et que je les remercie pour leur mansuétude. Je saurai m'en souvenir. La vie suit à nouveau son cours et le business aussi...

Maman tourne le dos et marche vers l'abri de la maison de fouilles. Elle valide l'accord en s'éclipsant, sans un mot pour celui qui l'a enchaînée. Il veut l'apostropher, mais croise le regard de Salah. L'instinct de survie prend le dessus. Il soupire.

— Tu vas nous manquer, se contente-t-il de dire.

Ma mère s'arrête, pense à se retourner mais décide d'ignorer la remarque et poursuit sa marche. Une reine.

Elle n'avance qu'à petits pas, soulève un peu de poussière, s'approche de la porte d'entrée, un vieil ouvrage nubien en bois et son verrou en crémaillère. Elle le soulève, puis attrape la grosse poignée à deux mains. Elle tremble. Elle la tourne en s'arc-boutant. Elle pousse la porte, la laisse ouverte derrière elle. Se plante devant Mathieu et Charles venus à sa rencontre.

— Nous allons partir. Demain. Rester, c'est mourir de toute façon. Fuir, c'est vivre encore un jour. Et ma fille vivra !

Le puits

Je me suis endormie. La peur et les pleurs vous ôtent, les unes après les autres, toutes vos défenses, en pelures d'oignons. Jusqu'à arriver au cœur et le faire suinter, rance et aigri. J'avais besoin d'oublier. Le souvenir n'est que le deuxième rideau de la pensée. Je n'avais pas encore tiré le premier sur les événements de la journée. Maman, Soraya et Assim discutent ensemble. J'entends en ondes perturbées des bribes de leur conversation. Il me paraît très clair qu'ils ignorent ce qu'ils doivent faire.

Un coup discret mais net sur la porte de notre chambre. Salah souhaite nous parler. Il a daigné venir sans son fusil. Il se tient un peu gauche pour une fois, sa superbe à la Saladin soudanais disparaît sur le palier quand il aperçoit Soraya. Je les soupçonne de ne s'être pas tout dit, ces deux-là. Je babille de bonheur : il n'y a que ma deuxième mère pour mettre les hommes dans cet état, pour les renvoyer à leurs doutes et leurs inhibitions.

C'est l'ultime victoire des femmes, jeter les mâles vers leur condition d'origine, enfantins, apeurés puisque privés de leur béquille de certitudes. Aucun d'entre eux n'a jamais franchi ce labyrinthe minoen sans se perdre, sans aide. Elle est son Ariane. Et le fil est mince. Très fragile. Il le sait. Elle en jouit.

Il caresse son holster pour se rassurer. Il peut tuer donc il est dieu donc immortel. L'illusion ultime de l'assassin. Je la connais.

J'ai mille ans.

Avec la parole retrouvée, il se rassérène, ses mots prennent sens, la pensée se structure ; revient complètement la confiance. Il a eu une idée. Osée, risquée, sans doute dangereuse mais s'il faut quitter les lieux dans l'urgence, il ne voit que cela.

Il a évidemment appelé ses supérieurs à Khartoum pour son rapport. Ils se sont montrés plutôt satisfaits du dénouement mais ambivalents, lui demandant comment il avait traité leur « partenaire »... Le Chameau restait maître du jeu local. Il se cacherait un moment mais réapparaîtrait plus tard, plus influent. Au passage, ils lui ont assigné une autre mission, puisqu'il est dans le Nord et qu'il doit être écarté, lui aussi, de Karkar et de sa région – il y a fait trop de vagues et le tir de roquette n'est pas passé inaperçu –, il lui faut prendre contact et ramener à la raison quelques-uns de ses collègues qui se sont « égarés » en Libye, moyennant un bon salaire, avec l'assurance de massacrer à l'envi et de servir le satrape local, le général Haftar. Il soupire : les Soudanais sont devenus les chacals de l'Afrique sahélienne, la chair à canons de l'Arabie. Et puisqu'ils n'ont rien à perdre, les chiens de guerre les plus enragés et les plus sacrifiables des deux continents.

Bref, il va discrètement prendre les pistes vers le pays voisin. Il a rendez-vous dans le village de Ma'tan as

Sarra, un véritable trou de l'enfer du désert, un point d'eau à chameliers, mais aussi un lieu de regroupement des forces étrangères, un camp de base pour mercenaires. Il peut nous y conduire et garantir notre sécurité jusque-là. Il se fait fort, après, de retrouver un camarade ou deux aptes – avec un bakchich acceptable – à nous emmener vers la Méditerranée et à nous procurer un passeur fiable. On lui a parlé d'une filière à peu près sûre. Il ne peut pas faire mieux...

Assim tremble comme une branche de tamaris au vent, mais trouve le courage de hocher la tête en guise d'assentiment. Maman me regarde, puis se décide. C'est d'accord. Ils l'accompagneront.

Ne serait-ce que pour changer de peur ou la décalquer sur d'autres paysages. Peut-être s'affadira-t-elle...

Soraya pleure. Elle a compris. Elle ne veut pas, ne peut pas être du voyage. La France, l'Europe... Un autre mirage, une autre illusion. D'autres souffrances. Elle reste. Elle doit partir, certes, loin de la Maison rose, mais elle ira vers l'est. Port-Soudan ou Suakin. Elle en vient. La mer Rouge en cataplasme, guérisseuse... elle l'espère ; oublieuse, elle en est certaine. Il est temps qu'elle épisse le peu de liens familiaux qui lui restent. Et – qui sait ? – de renaître encore. Elle s'est égarée dans la Maison rose, elle doit se retrouver. Et revenir au bercail, quitte à ne pas en franchir la clôture cette fois-ci.

Je m'endors pour de bon : je ne veux pas savoir. Je ne veux pas saisir que Soraya nous quitte. Je ne veux pas ! Le sommeil comme philtre d'amnésie. Ne pas songer à un « après ». Nidifier le présent et s'y lover.

Je ne me souviens plus vraiment de nos adieux. C'est confus : Charles et Mathieu, les bras ballants, le regard au cimetière en nous observant, les ouvriers indifférents ou juste curieux : ils devinent qu'ils sauront bientôt la raison de cette agitation, pourquoi s'inquiéter maintenant ? Soraya et maman, à genoux par terre, face à face, ne faisant qu'une, collées, fusionnées, mains sur le visage de l'autre. Pleurs et rires mélangés, promesses de tout sur rien ou l'inverse. Mensonges assumés : se revoir, un jour. Se donner des nouvelles. Se réinventer plus grandes, plus fortes. Apaisées. Le désert, la mer, la distance, des nuages plus gris et plus froids vont avaler leur amitié. Leur amour, lui, survivra. Spectre confortable et égaliseur d'horreurs acides qui seront refoulées. Parfois.

Assim, en piquet, sanglote sans chercher de l'aide. Il me tient dans les bras, me berce et baragouine des inepties qui lui permettent de ne pas trop avoir de peine.

Parler à un bébé anesthésie les sentiments. À un chien aussi. Ou à un poisson rouge. Ou à un éléphant… Peu importe… Je sais. J'ai mille ans. Quand le réceptacle est innocent et inconditionnel, il sert de défouloir, de javellisant à idées noires.

La voiture cahote dans une immensité jaune orangé éblouissante à peine piquée d'acacias étiques et pavée de loin en loin par de gros rochers ronds, gris clair, polis par la silice et le vent, oublieux d'avoir été titans et montagnes, aujourd'hui indolents, presque dédaigneux, mais vaincus. Des enclumes à soleil. Le ciel laisse s'effilocher parfois un nuage cotonneux très blanc. Son ombre court en lièvre sur le sol, puis disparaît. Les rides du sable cascadent en dunes. Trompeuses. Elles dessinent un rivage proche, un port, une oasis à portée de main. Elles répètent leur fable à l'infini. L'esprit s'y perd et emprunte des courants circulaires, sans cesse déçu d'être renvoyé vers le large et l'obsédant mouvement ondulant du désert. Des mirages brumeux, scintillants de chaleur, séparent l'horizon de sa propre réalité, le déposent ailleurs et se superposent en lacs trompeurs et assoiffants.

Maman me déplace un peu à l'ombre. La climatisation souffre autant que les amortisseurs. Salah, lunettes noires sur le nez, silencieux, attentif à sa conduite, vérifie dans le rétroviseur que ses hommes suivent le rythme dans leur tout-terrain. Il approuve, perdu dans ses pensées : ils se tiennent à distance du nuage de poussière que nous soulevons. Ils verront ses traces et les suivront.

Il prend à nouveau le temps de songer à nous, se retourne brièvement :

— Nous approchons d'un puits, pas loin de la frontière. S'il y a du monde là-bas, on ne vous posera pas de questions. Pas nécessaire de donner des réponses donc… Nous allons nous arrêter là pour la nuit. Et, Assim, si cela ne te dérange pas de jeter un coup d'œil notamment aux filtres des voitures… On a dû les encrasser, comme d'habitude.

Notre ami acquiesce et retrouve le sérieux qui sied à un mécanicien d'élite. Il va travailler. Oublier. C'est bien. Il farfouille déjà dans sa trousse à outils.

Nous arrivons. Maman se redresse et esquisse un rictus de douleur. Elle est assise depuis trop longtemps.

Moi aussi. Et il faut me changer. Salah passe un message sur son talkie. Les deux véhicules doivent se présenter de front. Et, s'il y a un puits, il y a un arbre. Peu importe les éleveurs ou leur troupeau qui s'y trouveront, ils se gareront là. Inspection du périmètre, positions et tours de garde, puis dîner pour tout le monde.

Un monticule se dévoile. Il est encombré d'hommes habillés de vêtements loqueteux, de chameaux et de chèvres. Des ânes blancs et crotteux paressent à l'ombre d'un grand acacia. Ils renâclent quand nos grosses voitures les délogent. Assim ouvre la portière et laisse le Shatan[1] ocre nous souffler son haleine en pleine figure, chaude, brûlante, sèche, parcheminante et envoûtante.

Maman me garde un moment à l'ombre. Quatre gamins accourent, puis l'entourent, demandent à me voir. Elle se penche et m'exhibe, donne à chacun une bouteille d'eau minérale, souvenir des Français. L'offrande du désert. Elle est chez elle, maman. Elle sait vivre. Elle offre la vie, le seul bien qui vaille par ici. Ils remercient, puis rigolent, simples et naturels. Ils savent, eux, que j'ai mille ans, ils l'ont senti et s'en réjouissent pour moi. Je les aime bien. Ils se font rattraper par une grosse voix. Ils ont du travail. Nous grimpons la petite colline. D'antiques mais solides fourches en bois, de part et d'autre d'un gros trou, soutiennent une vieille branche à l'horizontale. Lessivée par le temps, poncée et creusée par les cordes qui s'y sont succédé au cours des âges, elle en garde les stigmates dans sa chair jaune pâle. Quelques femmes transportent sur leurs épaules ou

1. Satan, en arabe.

leurs têtes des outres débordantes qu'elles vident, avec force éclaboussures, dans des abreuvoirs circulaires, creusés dans le sol et empierrés depuis que l'homme a su le faire. Les chèvres se bousculent, se harcèlent, distribuent coups de cornes et ruades et réussissent dans ce désordre caprin à boire un peu. Les chameaux grommellent dans leur coin, une patte entravée pour qu'ils n'aillent pas voir ailleurs, impatients de succéder aux biquettes, méprisant de toute leur bouche lippue ces tout petits animaux bruyants et indisciplinés.

L'une de ces dames salue maman d'un mouvement de menton, puis reporte son regard plus loin : une petite fille d'à peine huit ou neuf ans s'occupe d'un bébé. Le sien. Ma mère sourit. Je tente un ou deux glapissements étranges. J'essaie de lui parler, au nourrisson. Il ne répond pas. Normal : il n'a pas mille ans. Pas encore. Dans les dunes, les années comptent au quintuple. Ça va venir.

Les hommes se regroupent autour de l'axe du puits. Ils s'affairent avec une très longue corde, un serpent géant sur le sol qui plonge, après quelques tours sur son support, droit et lourd vers l'antre sombre et frais. Une jambe se trouve prise dans un nœud. Elle s'en débarrasse prestement et habilement. Une blague, une moquerie. Et un autre ordre qui claque. Un des gamins de tout à l'heure en saisit une extrémité et l'accroche en harnais sur l'encolure d'un baudet. Il ramasse la fine baguette de bois qu'il a laissée traîner puis frappe le postérieur de la monture, sans grande conviction. C'est inutile : résignée, habituée, celle-ci se déplace à son rythme vers notre ombrage, à trente mètres de là. Nous l'accompagnons dans sa marche besogneuse. L'animal a dû exécuter cette tâche un million de fois. Il s'arrête de lui-même à destination, bouge ses grandes oreilles et tourne la tête comme pour vérifier qu'il a bien fait le boulot. À l'autre bout, une outre se balance, dégoulinante, le cuir mouillé et noirci. Les hommes peinent à l'agripper, se trempent les bras, puis la confient à notre amie, l'autre maman, qui reprend sa routine.

Étourdies par ce manège de la nuit des temps, nous nous asseyons. J'ai faim. Maman comprend et s'écarte pour me nourrir. Là aussi, comme depuis la nuit des temps.

Le feu crépite. Nous avons des invités. Les bergers se sont d'abord approchés doucement, discrètement. Ils ont réclamé des cigarettes aux soldats. Ils ont fumé de concert. Sans rien dire. Personne ne se présente. Inutile. Un prénom, c'est trop volatil, trop futile et trop partagé. Untel sera «le sourd», un autre «le discret» ou «le borgne». Les souvenirs et les images serviront de livre de bord oral. On n'écrit jamais rien sur du sable. On ensevelit. Rien ne s'oublie non plus : tout est enterré, puis déterré à volonté. Avant de s'autoriser à se souvenir, il faut vérifier que chacun mérite sa place dans cette immensité et sur terre. Une tâche ardue, longue et réfléchie.

Salah est allé farfouiller dans sa boîte à gants. Il en a extirpé quelques paquets et les inévitables bouteilles d'eau. Il les a offerts. Les vieux se sont assis en cercle. Maman a pris du recul. Elle sait qu'ils vont parler entre hommes, que sa présence et la mienne pourraient les faire taire. Ils ont besoin de savoir ce qui les attend, passé la frontière.

Les nomades se fichent des lignes tracées sur les cartes comme de leur première gandoura, mais connaissent le désert mieux que personne. Ils y vivent en symbiose. Ils sont nés avec lui. Le sable qui coule dans leurs veines leur sert de compas. Le soleil a tanné leur peau comme une vieille selle de chameau. Les vents y ont creusé des sillons profonds, les mêmes qu'ils déposent sur les dunes. Leurs mains sont déformées par une poigne toujours en alerte, toujours au travail. Leurs pieds se confondent avec leurs sandales. Leurs voûtes plantaires en semelles ou l'inverse. Le plus âgé porte un bonnet châtain en laine sur des cheveux bouclés très blanc. Ses yeux marron ont été éclaircis par soixante ans de luminosité inhumaine. Ils tirent sur le brun clair et tentent de trouver leur place enchâssés entre des pattes d'oie comme ciselées sur du bois dur.

Du haut de mes mille ans, je me sens toute jeune : les gens du désert lui empruntent son âge et son implacable avenir. Je viens de naître et je sais que je vais mourir. Eux comprennent qu'ils perdureront dans une perpétuité de sable et de dunes, que l'individu égraine sa poussière d'os pour se fondre dans le destin commun.

Le vieux laisse parler le feu, un craquement, un jaillissement d'étincelles l'autorise à se lancer en phrases courtes. Les abords de Ma'tan ne sont pas très sûrs. Trop de monde. Trop de voitures et pas assez de chameaux. Pas assez d'eau non plus pour tout ce passage. Quelle idée de se regrouper là pour crever de faim? Certains là-bas ne parlent même pas l'arabe. Ce n'est pas une nouveauté. Du temps de sa jeunesse, les étrangers s'y bousculaient comme un troupeau dans un enclos trop petit. Ils arrosaient le désert de plomb pour s'entraîner à d'autres guerres. Loin d'ici. Ils effrayaient le bétail. Aujourd'hui, ils sont plus noirs, moins blancs, mais tout aussi présents. Il avise les treillis beige clair. Certains d'entre eux portent les mêmes vêtements et conduisent les mêmes voitures. Des Soudanais, pas des Libyens. Eux aussi se sont arrêtés à ce puits. Ils parlaient de faire fortune, de tuer et de se battre. Une obsession. Il crache par terre pour signifier son indignation. Il a déjà beaucoup parlé. Il fixe désormais le mégot brûlé de sa cigarette sur laquelle il a trop tiré. Une odeur âcre, presque de caoutchouc cramé. Il le jette au feu, puis s'autorise un hochement de tête vers nous, plus loin. Il raconte que sa plus jeune femme vient elle aussi d'avoir une fille. Nous n'avons rien à faire dans les parages de la petite ville libyenne, prévient-il. Il peut nous garder, si maman travaille, le temps que la troupe revienne de sa mission. Quelle qu'elle soit. Il ne veut rien savoir. Son bétail a besoin de refaire un peu de gras. Cet endroit convient. Il restera là encore un petit moment.

Maman s'avance. Elle a entendu. Elle se saisit d'une natte pour notre nuit, puis regarde le vieux :

— Nous ne sommes pas encore au bout du voyage. Merci. Que Dieu te protège, toi et ta famille.

Elle s'éloigne et se cale contre moi, allongée sur le sol. Elle regarde les étoiles et m'explique qu'elles dansent pour moi. Je m'endors en les embarquant en ballet sous mes paupières.

Assim n'a pas digéré le mauvais café du matin. Il tord la bouche et transpire beaucoup dans la voiture. Il tient bon. Salah lui explique, contrit, qu'il est hors de question de s'arrêter au milieu de nulle part dans le coin. Trop dangereux. Il faudra attendre un peu. Maman lui saisit la main et sourit. Il tente d'en faire de même, puis renonce. Il patientera, affirme-t-il.

Nous roulons depuis des heures. Le désert a un peu changé, moins orange, plus jaune. Les pierres semblent plus déchiquetées que polies. De loin en loin, une colline pelée résiste à l'érosion. Notre capitaine tape soudain sur le volant et nous prend à témoin :

— Regardez ! Des traces de voitures... Nous ne sommes plus loin maintenant.

Il se retourne brièvement vers maman.

— Il vaut mieux que tu te tasses un peu. J'aimerais reconnaître le terrain avant que tu sortes de la voiture...

Elle acquiesce.

Une brume de poussière gris-rose pâle annonce la ville avant que nous la voyions. Quelques carcasses de camions qui n'ont pas résisté au voyage aussi. Le sable se fait plus dur. Tassé. Des lambeaux de caoutchouc des pneus éclatés balisent la piste. Des bornes affaissées, effacées, témoignent d'une antique volonté d'urbanisme. Un minaret vert passé pointe son croissant de lune vers le ciel. Des petits abris, branches et palmes rabougries, offrent leur ombre à des bouteilles vides en plastique et des canettes de soda abandonnées. De loin en loin, des grandes amphores en terre cuite au bord de la « route » proposent de l'eau aux voyageurs. Je me demande si elles sont pleines... Les buissons épineux accrochent à nouveau des rataillons de sacs de toutes les couleurs.

Un gamin tente de faire accélérer son âne. L'animal tire un chariot sur lequel trône un gros tonneau bleu. Le petit bonhomme en haillons va chercher de l'eau pour les nomades, pour sa tribu. Il nous aperçoit, fait des grands signes et tend déjà la main. C'est à ses mendiants et à leur âge qu'on reconnaît une civilisation.

J'ai mille ans. Je sais.

Nous nous garons pas très loin du lieu de prière, sur le terrain vague devant des bâtiments en parpaings et en pisé, troncs de palmiers en guise de poutres. Il accueille déjà plusieurs voitures, copies conformes des nôtres. Un homme s'affaire dans un coin. Il rince à l'eau de sa gourde des dizaines de petites tasses dans une grande bassine. Il crache dedans pour être plus efficace sans doute. Salah et ses hommes vont à sa rencontre. Je n'entends rien : nous sommes restées dans le tout-terrain, moteur allumé. Seules. Assim s'est échappé en courant pour se libérer un peu derrière un mur.

Les deux hommes reviennent presque en même temps. L'un un peu moins vert, l'autre, plus souriant. Il a des bonnes nouvelles. Sans trop le vouloir, ils se sont arrêtés là où ses camarades viennent boire le thé tous les jours. Ils sont partis mais vont revenir très vite. Il y a de l'ombre, de quoi se laver et des dattes pour ceux qui ont faim.

Maman réajuste son foulard. Aucune mèche ne dépasse cette fois-ci. Elle double sa tenue d'un grand châle qui la recouvre de la tête aux pieds. Et moi avec. Je sens qu'elle a les mains moites. La peur est revenue, mais elle s'assoit sur une souche à l'abri de la bâtisse. Dans un coin d'où elle peut voir l'entrée et la salle. Assim lui apporte un thé qu'il manque de renverser.

Une dizaine de gaillards suffisamment armés pour prendre d'assaut une forteresse font le tour de nos voitures en tentant de regarder à l'intérieur. Le plus grand d'entre eux, un héron tant ses jambes longues et maigres semblent porter tout le poids d'un torse puissant, ajuste ses lunettes de soleil sur son crâne chauve.

Il nous regarde et se met à crier :

— Où est ce fils de chienne de Salah que je l'égorge ?

Le camp

Salah se précipite. Il court, les bras en balancier, le torse bien droit, vers les grandes jambes. Au dernier moment il se tourne un peu, un mouvement de hanches et il le projette au sol en le retenant par le revers de sa veste. Il l'accompagne et pose un genou sur sa trachée. J'ai eu à peine le temps de cligner des yeux. Il lève le poing comme pour frapper, puis écarte les doigts, délie sa paume et la tend. Les deux hommes se redressent, rient aux éclats et se balancent des grandes claques sur les épaules.

Ils se plantent devant nous, sourires en croissant de lune sur le visage. Notre guide nous présente donc Karim, un collègue. Rapidement, il explique que les deux compères se sont connus au Darfour. Un corbeau très noir traverse leurs regards. Cet oiseau-là va finir par leur picorer le cœur en Prométhée du désert. Ils le savent, mais se réfugient dans une camaraderie d'assassins qui les rassure à défaut de les guérir. Derrière eux, toute la troupe se retrouve. Nos hommes et les leurs. Ils se frappent dans la main, certains apposent leur front sur celui de l'autre, ça parle fort, moult gestes et rires un brin forcés. Ceux-là savent leur courage et excusent leurs lâchetés puisqu'ils les partagent. Ils ont combattu et massacré ensemble. Les frères d'armes ont le cousinage facile, les bras ouverts, les yeux sombres et l'âme en sang.

Chacun trouve une natte pour s'asseoir, réclame un thé et s'installe par affinités, le temps de résumer quelques mois d'absence. Salah explique notre projet à son ami. Il tient à rassurer maman :

— Je connais Karim depuis notre adolescence. Nous avons été engagés ensemble, au Darfour. Il m'a plus d'une fois tiré d'un pétrin compliqué. Je lui fais confiance. Sur ma vie. Et ils ne sont pas nombreux dans ce cas.

Ma mère valide cette belle déclaration guerrière d'amitié en chassant d'un battement de cils l'accent du nouvel arrivant. Un dialecte de montagne et de désert, de pisé et de briques crues, de sécheresse et de puits arides, de troupeaux et de sorgho. Le langage des armes à feu et des viols. Une langue de tragédies infinies murmurées dans un sourire, mélange d'excuse et de réconfort. Les mots s'y entrechoquent trop vite pour les balles. Seuls les regards prennent leur temps. Ils savent qu'ils seront les premiers à s'éteindre.

Le Soudan est un timbre-poste, ces deux-là ne doivent pas oublier qu'ici tout se sait, se transmet, se raconte. Le pardon ou la compréhension ne font pas partie du marché. À chacun de voir, en conscience.

Elle a vu.

Elle ignore une remontée de bile amère et salue le militaire, sérieusement, sans froisser la courtoisie ni forcer l'amabilité.

Comme Salah, il a le visage taillé à la serpe des Arabes sahéliens. Elle peine à lui trouver une goutte de sang noir. Celui-là descend directement des nomades, les razzias et le désert dans le sang. Lui aussi s'est laissé pousser une moustache mais elle est moins fournie que notre capitaine. Son crâne rasé laisse deviner une calvitie précoce. Ses lèvres minces, presque un trait, très roses, trahissent la sobriété d'une longue lignée de rôdeurs des dunes. Ces hommes peuvent vous avaler des milliers de kilomètres avec une simple gourde d'eau et trois dattes dans leur paquetage.

Il plisse le front, attentif à notre récit. Il tend et détend ses grands compas qui l'embarrassent probablement depuis la naissance. Il crache un ordre. Un homme se lève et revient avec une carte d'état-major qu'il peine à déplier. Il l'étale devant nous, en cale les coins avec nos thés. Je ne vois qu'un grand espace vierge là-dessus. Quelques lignes noires, très peu. Et des points verts de-ci de-là.

— Avant d'aborder tous les problèmes – et il y en a plus que vous ne pouvez l'imaginer –, le trajet idéal pour vous, c'est, en partant d'ici, de rejoindre Koufra puis l'oasis de Jalo. De là, viser la côte par la route d'Ajdaliya. Le passage le plus sûr sera plutôt vers Derna. On oublie l'Ouest, trop fréquenté par trop de gens qui ne nous apprécient pas à notre juste valeur…

Son index fin à l'ongle étonnamment propre vient de tracer une ligne du sud vers le nord puis l'est. Il s'est arrêté devant le grand bleu et le tapote.

Un chemin de croix paisiblement dessiné. Son bracelet, un serpent joliment ouvragé en cuivre et cuir, repose sur le papier comme s'il allait cracher son venin noir et feu.

Les cartes ignorent les hommes et leurs bisbilles meurtrières, elles aussi projettent un mirage facile, à plat, d'une étendue simplifiée, nettoyée, blanchie...

Je sais. J'ai mille ans. Je connais ces routes et ces pattes de mouche. Elles dissimulent, à l'encre invisible, tous les démons de la terre. Humains, les démons. L'enfer n'a pas besoin d'autres affidés. Les vivants servent le diable souvent bien mieux que les morts.

Et les anges laissent faire.

Dieu aussi.

Nous nous sommes réfugiées dans la voiture pour dormir. Les soldats ronflent sur leurs paillasses, à l'intérieur du bâtiment. Salah, Assim et Karim discutent encore à la lueur de leurs lampes-torches retournées lumière contre table. J'aimerais entendre. Maman s'agite dans un sommeil stroboscopique. Elle ouvre les yeux souvent. Me caresse. Se rendort.

Salah vient frapper à la vitre. Assim se plante à ses côtés. Il veut nous parler. Il se gratte la gorge, puis plante son regard dans celui de ma mère :

— D'abord et avant tout, vous êtes sûre de vous? Certaine de tenter ça? Aucun jugement de ma part si vous renoncez. Je sais qu'il n'y a qu'un pas entre courage et témérité. Sachez que je ne tenterais pas cette aventure, moi. Et je ne suis pas peureux...

Elle se contente d'un *aïwa*[1] ferme et définitif...

1. « Oui », en arabe.

— Bien. Votre choix. Votre vie. Et celle de votre fille. Je comprends. Je vais être direct. Karim et ses hommes peuvent faire le trajet avec vous. Deux mille dollars pour lui et mille pour la troupe. Ils vous laisseront, si tout va bien, à un passeur qu'il connaît à Derna. Il faudra payer la traversée aussi. Ce n'est pas gratuit. Loin de là. Cela dit, il y a long à arpenter avant d'arriver à la mer. Je ne peux pas vous accompagner jusqu'à Koufra. Les hommes que je dois ramener à Khartoum se trouvent au nord-ouest d'ici. Au beau milieu de nulle part. Je dois vous laisser. Vous comprenez que je fais confiance à Karim, mais Dieu m'est témoin que je ne peux jurer de rien pour un tel voyage.

Maman sourit :

— Ni Dieu ni moi ne vous en voudrons. Pas pour cela en tout cas. Merci pour tout. Vous êtes en paix, au moins avec moi. Pour le reste, c'est Lui, en effet, qui décidera…

Un très long trajet dans le désert. Son immensité dissout le voyage en éternité. Il assèche les hommes et la parole. Il vous ratatine, tente de vous faire devenir grain de sable, vous contraint à l'humilité. Je dormais quand nous sommes enfin arrivés à Koufra. Maman aussi.

Karim nous a réveillées tout autant que la voiture soudain à l'arrêt. Il me met mal à l'aise maintenant, celui-là. Nous sommes totalement à sa merci. Salah n'est plus là… Ses traits sont devenus inexpressifs. Lisses. Il n'ôte plus ses grosses lunettes de soleil de son nez. Je nous vois floues, en miroir marronnasse, quand il nous parle. Son débit, sec, autoritaire ne me rassure pas.

Nous devrons patienter un bout de temps – une semaine, dix jours, peut-être plus – dans le camp de réfugiés. Nous passerons inaperçues, il y a beaucoup de Soudanais là-dedans. Des Fours[1] pour la plupart, mais ça ne nous posera pas de problème.

Je suppose qu'il entend par là que ma mère est plus noire de peau que lui...

Il poursuit. Il pense, pas sûr, que quelques associations humanitaires y distribuent eau et nourriture. Il faut qu'il continue sa route un peu plus loin. Et il doit préparer notre voyage avec ses contacts. Lesquels vont demander de l'argent. Il lui faut cinq cents dollars tout de suite. Pour ne pas arriver devant eux les mains vides.

Maman lui offre le visage qu'elle a poli pendant ses années de «travail» à la Maison rose. Son sourire transparent : on peut se perdre dans un océan de conjectures avant de savoir ce qu'il signifie. Il n'apporte rien, n'en dévoile pas plus mais sait se rendre indispensable. Aucun souci, mais elle a une envie pressante. Il nous dépose où bon lui semble, elle trouve des latrines et un coin où déposer nos affaires, puis elle lui donnera la somme. Assim opine du chef, mais jette un coup d'œil révélateur sur sa trousse à outils. Il n'aurait pas dû. Les faucons repèrent leurs proies à des centaines de mètres. Les nomades sont encore plus perspicaces. Je crie très fort pour faire diversion et parce que j'ai très faim. Je joins l'utile au nécessaire.

---

1. Ethnie majoritaire de l'ouest du Soudan. Elle a donné son nom à la région : «Darfour», «La maison des Fours».

Maman attrape la main de notre ami, tout autant pour le rassurer que pour donner le change et les faire passer pour un couple. Nous sommes ensevelis immédiatement sous le bruit, les odeurs et la foule. Aux coups de machettes sur le bois, aux plaintes des essieux rouillés des charrettes ou des pistons hors d'âge, répondent des cris et des injures, dans un galimatias de langues et de dialectes, toutes ou presque teintées d'un arabe plus ou moins guttural. Ici, on est noir foncé, sombre clair, marron, gris, scarifié, lisse, ridé, bistre parfois, mais pas blanc. Les couleurs sont de toute façon ensevelies sous la poussière. Quelques chiens étiques, jaunâtres et galeux se disputent sur un imposant tas d'ordures. Un très grand échalas nous bouscule en marchant. Il trace sa route, hébété, sans s'occuper de personne. Un spectre. Il ne se retourne pas et son turban bleu disparaît. Une grande marmite en aluminium nous embrume et nous enfume de friture d'oignons, de mouton et de bois brûlé. Pas de barrière, on entre dans le camp comme on entre en enfer. Beaucoup trop facilement. Les rigoles d'urine charrient étrons et déchets en plastique. Un berlingot de lait et une bouteille de soda tentent d'y surnager. Creusées à même la terre, elles se franchissent sur des planches en brindilles, palmes et vieilles branches. Le désert ici disparaît sous la fourmilière. Des tentes grises reposent sur des piquets en bois torturés, quelques parpaings et des bâches mitées bâillent sur des intérieurs éructant un nuage de charbon au feu, des disputes, des toilettes hâtives, des seaux à vider ou des travaux d'artisans. Sur notre droite, on copule sans honte mais avec beaucoup d'enthousiasme.

Au loin, encadré par des échoppes précaires, au bout de ce qui semble être l'allée centrale de ce labyrinthe, un morceau de tissu décore un mât, un drapeau déchiqueté, illisible, vaguement noir et rouge. Maman l'a repéré. Elle marche plus vite. Elle traîne Assim et lui offre un sourire, un vrai. Il faut qu'il arrête de promener ses grands yeux partout, de détailler les gens comme s'ils avaient la peste et de plisser le nez comme ça. Il va finir par nous attirer des ennuis. Qu'il retrouve son attitude de Karkar. Qu'il redevienne outil. Il acquiesce et se compose un visage inoffensif.

Deux hommes barbus, figures tristes et résignées, sont assis derrière une table en plastique rose. La queue reptilienne de trois cents mètres devant eux semble vouloir les croquer. Impavides, ils font face, armés de quelques papiers, d'un tampon, d'un encrier et d'un seul stylo. Nous prenons place dans la file. En regardant nos pieds.

Derrière nous, une dame, fine, assez âgée, me fait des signes gentils avec la main. Je souris. Je joue mon rôle. Je suis fascinée par l'anneau en or qu'elle a passé dans le nez. J'ai mal pour elle. Elle semble s'en accommoder très bien. Mieux que son châle léger, jaune presque transparent, qu'elle ne cesse de remettre sur sa tête et ses épaules. Maman se retourne. Lui dit bonjour. Les deux femmes ont du temps à perdre. Notre nouvelle amie me paraît un peu bavarde. Elle s'appelle Arafa. En quelques phrases, elle nous explique ce qu'elle fait là : son mari est parti il y a dix jours retrouver un passeur à quelques kilomètres avec un groupe d'amis, elle l'attend ici. Ils viennent des parages du lac Tchad. Elle a une tente. On menace de la lui reprendre puisqu'elle est seule. Il a suffi de quelques jours pour qu'on la dénonce et que l'on menace une habitation qu'elle a mis deux ou trois mois à obtenir. Elle compte bien la garder, c'est pour ça qu'elle est dans la file. Là, devant, ce sont des Libyens, des hommes de l'unité de Secours et d'Urgence. Ils ne sont ni bons ni mauvais, plus débordés que concernés.

Elle rit.

Sans doute ont-ils été punis pour devoir venir une fois par mois s'occuper du camp. Mais enfin, c'est une présence officielle, corrompue certes mais officielle, qui permet d'éviter – un tout petit peu – les bandes de voyous qui tentent de s'approprier l'endroit en le pillant consciencieusement, quand ils ne font pas pire… On murmure autour de nous. Nos voisins nous regardent. Elle hausse les épaules, mais baisse le ton. En attendant que son homme revienne, elle peut les accueillir, elle, son mari et son bébé. Puisque maman vient de débarquer, elle aura peut-être la chance de recevoir un sac de riz. Elle se fait fort de nous préparer le meilleur kawal[1] que nous ayons jamais dégusté. Elle se passe la langue sur les lèvres. Une femme qui savoure sa cuisine avant même de la faire me paraît être tout à fait digne de confiance. Je m'agite un peu pour témoigner de mon assentiment.

Assim, trop curieux, tente d'en savoir plus sur la mafia locale.

1. Plat traditionnel tchadien à base de boulettes de riz dans une sauce à la pistache marron.

— Pas ici ! tranche maman qui craint les oreilles indiscrètes et les langues déliées.

Elle a raison. Je sais. J'ai mille ans. Les hommes, piégés dans un bourbier, se font rarement la courte échelle. Ils se dénoncent mutuellement et s'enfoncent en espérant que l'autre serve de marchepied et qu'ils seront à jamais en haut du monticule humain, à l'abri. Puis on leur marche dessus, on les tasse et ils s'embourbent à leur tour. Condamnés par la loi du plus fort sans saisir que ses édits sont gravés sur une roue qui tourne à l'infini.

Nous nous sommes enfin fait enregistrer. Maman a donné un faux nom, le même pour elle et pour Assim, et prétendu avoir perdu ses papiers. Le fonctionnaire en face d'elle s'est gratté la barbe, a fait une moue entendue et dubitative, mais a tout enregistré moyennant quelques dollars. Il l'a enfin regardée attentivement avec des yeux enfoncés et fatigués de porter les poches qui lui encombrent le visage. Il lui a dit que, « si elle était gentille », il pourrait lui faciliter la vie ici. Elle lui a demandé son prénom sans écouter la réponse. Elle sait comment tenir à bout de perche ce type de personnage. Elle l'a fait toute sa vie. Elle a embrassé Assim, plutôt surpris et vaguement dégoûté, puis a tourné le dos à la table sans rien dire, une gamelle de riz et un ticket de présence à la main. La Tchadienne volubile nous a rejoints très peu de temps après. Elle garde sa tente tant que nous y serons. Il est temps de rentrer « à la maison ».

Un mouvement de foule nous bouscule. Elle nous entraîne malgré nous. À petits pas d'abord, puis plus rapidement. Arafa a saisi la main de ma mère. Son anneau bat la chamade sur sa narine. En fétu, Assim se laisse emporter puis réussit à nous rejoindre à contre-courant. Nous faisons des tours en virevoltant sur nous-mêmes en suivant l'allée centrale du camp. Le flot semble savoir où aller. Mieux vaut suivre que de résister. Nous débouchons sur une placette relativement dégagée dévoilant une petite mosquée en parpaings maladroitement peints en blanc, quelques néons y clignotent en vert. Maman veut s'écarter, mais l'on pousse trop fort derrière nous. Nous sommes propulsées au premier rang. La vieille Tchadienne sait déjà. Elle tente de me cacher les yeux et raffermit sa prise dans la main de ma mère. Un cercle furieux entoure un jeune homme noir, un peu café au lait, très maigre. Il porte une veste occidentale en piteux état, un tee-shirt et un jean déchiré.

— Éthiopien, souffle notre amie.

Son nez fin, sanguinolent, est tordu étrangement, comme s'il voulait rejoindre la joue. Un filet rouge dégouline de sa tête vers sa poitrine. Il est à genoux. Un homme, au namaz[1] clair mal planté sur un crâne rasé et une figure barbue, vient lui infliger un grand coup de bâton dans les côtes. Il se tord sur lui-même. Son bourreau, visiblement ravi d'avoir un public, se lance dans une diatribe avec des accents syriens, le Coran exposé bien haut, à la vue de tous. Le Levantin l'agite encore et appelle la malédiction de Dieu sur « ces infidèles, ces chiens, qui ne respecteraient même pas leur propre

1. Bonnet de prière musulman.

mère»... Un coup de pied sur le garçon qui bascule en avant.

— Un chrétien, traduit Arafa.

Le prêcheur n'a pas le temps de reprendre son souffle. Une pierre atteint sa victime sur le front. Un signal. Son corps recroquevillé subit une avalanche de caillasses. Les bourreaux ont le visage déformé de haine. Pas tous. Certains semblent s'amuser, participer comme s'ils allaient partir de là avec une récompense, un gros nounours en peluche peut-être. Les pierres viennent à manquer. Tout est bon pour atteindre la pauvre chose ratatinée devant eux. Ses doigts raclent le sol comme pour le creuser et s'y réfugier.

Il ne bouge plus.

Son sang constelle le bas de la gandoura du barbu qui réajuste son bonnet et reprend la parole. Justice a été rendue. Nous pouvons vaquer sous le regard et l'amour d'Allah et de son Prophète. Maman et moi levons les yeux vers le petit minaret. Comment peux-Tu accepter ça ? Je me tais. J'écoute. Rien. Il n'accepte pas, Il subit. Et même Dieu ne peut rien dans ce bouillon aigre de Babel pervertie.

J'ai mille ans. Une infinité de dieux et de prières me suivent en éclaboussures, fantomatiques et inutiles. Des lanternes éphémères jetées au Nil. Les hommes s'emparent du divin à leur profit et creusent un puits sans fond. Chacun le sien. On ne partage pas. Et ils finissent par empoisonner celui d'à côté, quitte à gâcher le leur.

Arafa soupire. Il faut y aller. La mort de l'un impose la survie d'un autre. La loi du camp.

Assim, les jambes mal assurées et le teint blême, est parti régler Karim. Il nous retrouve correctement installées sur des nattes, les yeux rougis par le foyer au centre de notre logement, une vieille toile de tente de l'Unicef, rafistolée à la va-vite avec du fil nylon rouge, mais suffisamment solide et spacieuse pour que nos couches ne se touchent pas. Son effroi s'est envolé : il est tout excité et très sale. Quelques hommes s'affairaient autour d'une moto. Il n'a pu s'empêcher d'aller voir, leur a réparé leur engin. Il a refusé d'être payé, mais s'est déjà trouvé un nouveau client pour le lendemain. Il partira travailler à la première heure. Quand il ne fait pas encore trop chaud. Maman approuve. Elle sait que ce garçon ne trouve l'équilibre que les mains dans la graisse d'un moteur. Je m'endors dans une nuit poisseuse, bruyante et inquiétante, rythmée trop fort par la respiration courte et hachée de ma mère.

Et je me réveille à la lueur vive du jour, notre tente ouverte en grand par notre ami. Il s'approche de notre hôte, lui secoue l'épaule. Elle se redresse. Sourit, puis se rembrunit. Les sourcils d'Assim se rejoignent sur une profonde ride creusée jusqu'à l'arête du nez. La mauvaise nouvelle qu'il doit annoncer lui émacie le visage. Il hésite. Choisit ses mots, bégaye et se décide enfin à parler :

— Ils viennent de retrouver un groupe de Tchadiens dans le désert. Ils ont ramené les corps à l'entrée sud. Ils les exposent là-bas pour identification. Il faudrait que tu viennes. Je crois…

— Je t'accompagne ! lance maman, déjà debout et affairée à me caler derrière son dos.

Arafa ouvre et ferme la bouche, secoue la tête. Elle raffermit son regard et son dos.

— Ce n'est pas lui. Je le sais. Je le sens.

Elle effleure le sable du sol, son front et son cœur. Je soupire : la terre, la raison et les sentiments ne permettent ni de remonter le fil du temps et ses cauchemars, ni d'en tisser un autre.

La mahari

Les corps sont disposés côte à côte, sur le sable déjà grisé de mouches bruyantes. Trois Libyens tentent de contenir la petite troupe qui s'est formée pour les apercevoir. Quelques «assassins!» fusent au milieu des pleurs et des appels à la clémence de Dieu.

«Tchadiens seulement!», hurlent les croque-morts improvisés. Arafa s'approche, ses mains hésitent à se torturer l'une l'autre ou à se tendre vers le ciel en prière muette. Elle avance, donne son identité aux gardes. Elle peut y aller. Je la vois marcher doucement vers les cadavres, les jambes raides, semelles funéraires aux pieds, épaules balançant en encensoir. Elle se penche et longe le terrible alignement, une main sur les lèvres, tremblante. Elle se fige, tombe à genoux et émet comme un cri primal. Tout à la fois rauque et suraigu. Elle attrape une tête inerte entre ses paumes, lui embrasse le front. Elle est secouée, comme épileptique, par les sanglots. Elle ne crie plus, la bouche grande ouverte, elle suffoque, s'effondre sur le corps et le secoue comme pour le ramener à la vie. Elle l'insulte, puis elle le couvre de baisers. Maman se précipite, bouscule presque l'une des sentinelles, l'envoie paître copieusement et franchit le cordon. Elle attrape notre amie par les épaules, la soulève, la détache du cadavre. Avec peine. Assim vient apporter son aide. Je regarde. Le visage du mort a été comme malaxé sous une avalanche de coups. Son torse est strié de profondes coupures. La mort en délivrance. La souffrance en adieu. J'ai un hoquet. Assim refoule à grand-peine une terrible envie de vomir. La foule, désormais silencieuse, recueillie, murmure prières et mots de réconfort. Quelques gamins viennent distribuer, contre menue monnaie, des berlingots d'eau et des sachets d'arachides. Un spectacle comme un autre, donc des spectateurs, donc des clients. Ma mère interpelle un Libyen. Que va-t-il se passer pour eux maintenant ? Les corps seront bien enterrés au cimetière un peu plus haut, là-bas, la rassure-t-il. Pas de souci. Dès ce soir. L'homme tord les lèvres en un rictus blasé et désespéré : entre la pourriture et les charognards, il ne faut pas trop attendre.

Nous nous traînons jusqu'au camp, notre maison, notre prison. J'ai mille ans. Je sais. Une vraie geôle ne dépend pas de ses barreaux, elle ne tient qu'à l'absolue certitude de ses pensionnaires qu'il est plus dangereux d'être à l'extérieur qu'à l'intérieur.

Notre petite tente abrite une multitude bien trop importante pour elle. La toile peine à supporter ceux qui s'y adossent. Tous sont venus présenter leurs condoléances. Chacun arrive avec un petit cadeau, la plupart du temps des petites choses à manger, biscuits, riz, sucre… Certains lui glissent quelques billets dans la main. Elle les fait disparaître avec grâce et discrétion dans un repli de son vêtement. Son mari est parti avec l'essentiel de leurs économies. Elle a tout perdu. Époux, avenir, rêve et désirs. Un cul-de-sac du destin.

Maman essaie de gérer tant bien que mal cet afflux respectueux. Un ordre claque à l'extérieur. Tout le monde s'écarte. Deux canons de kalachnikov écartent les pans crasseux. Deux lunettes noires observent l'intérieur. Elles se retirent. Un homme entre. Petit, voûté, la quarantaine peut-être, un visage austère, buriné aux dunes, mangé par un turban immaculé qui l'enveloppe du menton au crâne. Il soulève un peu sa gandoura beige comme pour ne pas la tacher avec le commun que nous sommes et dévoile des mocassins en cuir aux boucles dorées peu discrètes. Son sourire contrit, de circonstance, peine à masquer un regard en pic à glace. Il se penche pour murmurer à l'oreille d'Arafa. Elle se tend, se drape encore plus étroitement dans son grand châle. Il lui serre la main. Celle de notre amie tremble comme détachée de son poignet.

Il s'éloigne accompagné de ses sbires et avec lui suivent nos visiteurs bienveillants. Ils ont peur, ont fait ce qu'il fallait, ils ne veulent plus se montrer avec la Tchadienne.

Laquelle, triste figure, nous explique la désertion générale :

— C'était Issa, un Toubou[1]. C'est lui qui contrôle tous les trafics ici. Il dirige notamment le réseau des passeurs.

1. Appelés aussi Gouranes : peuple nomade sahélien vivant entre Tchad, Nord-Niger et Sud-Libye.

C'est à lui que mon mari était allé demander de l'aide. Et à cause de lui s'il est mort : quand il juge qu'il n'y a pas assez d'argent, ou simplement qu'il est de mauvaise humeur, il laisse ses démons de soldats «s'amuser». Il m'a dit que je pouvais rester ici autant que je le voulais. Si j'acceptais de payer de ma personne… Il organise des orgies, avec de l'alcool, un peu plus loin, en ville. Il a besoin de femmes pour ses invités, y compris des vieilles comme moi…

La Maison rose vint nous happer immédiatement. Pas longtemps. L'un des hommes armés rentre à nouveau et nous regarde. Il pointe un doigt vers Assim et lui fait signe de venir. Sans un mot.

Notre ami soupire et s'éloigne. Maman avise une déchirure, hésitant à y coller son œil, pour voir, ou son oreille… Elle opte pour cette dernière. Issa, presque bonhomme, parle d'une merveilleuse mahari[1] blanche du désert, une jument mécanique incomparable, mais fragilisée par les pistes infernales. Changement de pose, nous observons. Il pointe une grosse Toyota immaculée, remarquablement propre pour ces contrées, mais de guingois, bancale. Il sait qu'Assim a déjà fait opérer sa magie sur certains véhicules ici. Lui ferait-il le plaisir de se pencher sur son petit bijou ? Il lui pose une main sur l'épaule. Notre ami le dépasse de dix bons centimètres, mais il paraît minuscule, enseveli sous l'étreinte plus menaçante que chaleureuse. Certains hommes détachent leurs mots comme s'ils comptaient

1. «Méhari» en français, le dromadaire des nomades sahéliens, en particulier des Touaregs.

les balles d'un chargeur… Juste avant usage. Bien sûr, Dieu en témoigne, il lui en sera extrêmement reconnaissant. Et l'aidera, lui, sa femme et son bébé si nous le désirons.

Le « papa » improvisé ne bronche pas, s'approche de la voiture et l'inspecte rapidement. Tranquillement, il fait une longue liste de tout ce dont il aura besoin pour la « jument »… L'autre hoche la tête et fait un geste rapide du bras. Ses gardes vont lui trouver ça. Dans l'heure.

La nuit passe en flambeaux et en coups sourds, métal contre métal. Quelques grincements insupportables, des pièces grippées, doivent faire crisser les dents de la moitié du camp. Assim a déniché quatre gaillards pour l'aider et ils travaillent à la lueur vacillante des torches. Issa n'est pas patient. Il a habilement glissé un tronc de palmier sous la caisse pour la surélever. L'édifice ne fait levier que grâce à un tas de pierres en pivot et un amas de paniers alourdis d'un fatras de morceaux de fer rouillés surveillés par l'un de ses camarades assis à califourchon sur le bois à l'autre extrémité.

Le soleil se lève pâle et froid. Arafa a pleuré doucement toute la nuit. Elle trouve le courage de se lever et de farfouiller dans le ballot qui lui sert d'oreiller, nous propose un thé. Elle l'avait gardé pour son mari, mais… Elle sourit : elle a même du sucre… Il en mettait trop. Partout. Beaucoup trop. Une larme.

Maman apporte une tasse fumante à Assim.

Il s'éponge le front en y laissant une traînée de graisse, noire et luisante. Il montre le tout-terrain et plaisante autant pour lui-même que pour ma mère :

— Il ne va pas falloir tarder à partir. Ça tiendra, mais pas longtemps. Ce sagouin a complètement massacré sa voiture. Il était apparemment plus soucieux de la garder propre qu'en bon état. Une misère ! J'ai fait ce que j'ai pu, mais elle va péter à nouveau au premier gros caillou… Je préférerais être loin.

Maman le pousse de l'épaule :

— Tu veux dire qu'un homme s'est plus préoccupé d'une jolie carrosserie extérieure que de la beauté intérieure ? Inimaginable … Je suis surprise…

Ils rient et moi aussi.

Les jours traînent en poussière de sable aux éclats de rire de mica, rares mais précieux et étincelants. Assim travaille plus qu'à Karkar et commence même à amasser un pécule impressionnant. Il cache ses billets, à part, dans une boîte de baklavas en ferraille qu'il a enterrée sous le foyer. « S'ils veulent l'argent, ils devront se mettre les mains aux charbons », avait-il souri en soufflant sur ses propres doigts légèrement brûlés. Il a récupéré, et évidemment retapé, une vieille Suzuki qui lui permet d'aller et de venir dans le camp et ses environs. Certains paiements sont en nature. Ils nous permettent de manger tous les jours. Parfois même de la viande. Maman ne lâche pas Arafa d'une semelle. Doucement, en perles de rêve, elle tente de lui redonner espoir. Notre amie a effroyablement maigri. Elle commence à peine à se requinquer et à refaire la cuisine.

La routine domestique nous roule dans sa farine d'oubli. Je sais. J'ai mille ans. Les humains se sentent plus confortablement installés au milieu du chemin qu'à l'angoisse du départ ou à l'incertitude de l'arrivée. Ils se préservent en autruche. Ne pas avancer, ni reculer, s'affairer avec des riens dans le rien, c'est rester sauf.

Issa vient d'inviter Assim à l'une de ses « soirées », en ville, là-bas, à Al Jaouf. J'agite mes petites jambes et je me secoue comme un dattier à la récolte. Non ! Il ne faut pas y aller. Maman prend le relais, avec notre amie tchadienne : trop dangereux. L'autre sournois est un serpent. Et sa morsure est mortelle. Et qu'est-ce qu'il compte trouver là-bas ? Il ne boit même pas d'alcool et ne « consommera » pas les dames de l'endroit. Un risque inutile.

Notre ami baisse le menton, mais joue les fortes têtes. D'abord, explique-t-il, il est un brin difficile de dire non à Issa. Il l'a déjà fait. Ce n'est pas la première invitation. Il a épuisé toutes ses options. Ensuite, il pourra y rencontrer – qui sait ? – des personnes intéressantes pour la suite de notre voyage. Sans doute recueillir quelques informations… Enfin, il a envie, besoin, de penser à autre chose. Il sera accompagné de ses copains mécaniciens, sa petite bande. Il ne craint rien. Ses grands yeux demandent malgré tout l'autorisation. Arafa craque en premier :

— Qu'il y aille et s'amuse un peu…

Maman opine et l'embrasse sur le front.

Il n'est pas rentré. Maman fait les cent pas devant notre tente. Arafa a demandé à voir un ami de son mari. Il aura des nouvelles. Il sait tout de ce qui se trame ici. Toujours. C'est un vieux sage, respecté, qui restera indéfiniment dans le camp. Voilà trop longtemps qu'il aurait dû partir. Il connaît tout le monde.

L'homme vient boire le thé. Assez âgé, mais avec la tenue de ceux qui sont nobles de cœur, sa voix douce paraît avoir été aplanie sous une meule de souffrances et d'acceptations. Il va se renseigner. Promis. Il caresse maman avec des yeux à brume blanche, son mari n'aurait pas dû s'y rendre. Ce n'est bon ni pour lui ni pour elle. Il espère qu'il ne reviendra pas avec une histoire de dettes. Celles-là ne pardonnent pas. Il soupire, repense sans doute à une aventure vécue. Il se secoue un peu et reprend : il connaît un jeune homme du camp qui fait le ménage là-bas. Il va le faire venir. Sur-le-champ. Arafa lève le bras, elle sait de qui il parle, elle va faire passer le mot. Elle s'éloigne.

En peu de minutes, un gamin arborant un maillot de football espagnol bleu et grenat, passablement troué, s'assoit près de nous. Non, il n'a pas vu Assim. Oui, il le connaît. Non, il n'était plus là quand il a tout nettoyé. Il en est certain. Il se gratte le cuir chevelu. Il est possible… Enfin peut-être… Bref, il faudrait aller voir à deux kilomètres à l'est, il y a une dépression naturelle et comme une grande mare à chameaux. Quand il y a un souci, c'est là qu'ils s'en débarrassent… La terre y est meuble. Maman se tend, son regard cherche de l'aide… Le garçon le remarque et accepte d'aller vérifier lui-même. Si on lui donne un petit quelque chose pour sa peine. Arafa lui donne deux billets. Il s'éloigne. Le vieux se lève et promet de dénicher de plus amples informations. Je m'agite à nouveau. Sans aller jusqu'à visiter des fosses clandestines, on pourrait au moins, nous aussi, nous renseigner… Ne rien faire, c'est accepter. Déjà. Trop tôt. Trop dur.

Maman se lève et m'emmène vers le bout de terrain, pelé et irisé de mares d'huile de vidange, où son ami «opère» ses patients mécaniques. Une étroite aspérité étagée en strates rocheuses plates – très encombrées – lui sert d'établi. Un arbre étique suffit à lui garantir assez d'ombre pour travailler. Il a même trouvé le moyen d'y construire une petite paillote, toit en tresses de palmes, meublée de seaux retournés en sièges, pour se détendre. Un nécessaire à thé s'empoussière dans un coin. Une natte rouge et orange est roulée contre un poteau, en guise de lit de fortune.

Maman pousse du pied un gros boulon qui roule et vient tinter sur une latte d'amortisseur qui a connu des jours meilleurs. Le bruit nous fait presque sursauter. Mais moins que le gémissement derrière la cabane. Elle se précipite. Assim est là, allongé le long des rochers, dissimulé derrière un amas de branches.

Sa lèvre est fendue comme rideau entrebâillé, son arcade gauche ouverte et un vilain halo noir, bleu et violet couvre son côté droit. Il respire en sifflant. Venu d'on ne sait où, le gamin au tee-shirt de Barcelone s'approche. Maman lui demande de nous trouver une brouette, une charrette… N'importe quoi pour transporter le blessé jusqu'à notre tente. Elle se penche sur notre ami. Il réussit à sourire, puis à grimacer sous l'effort qui vient de lui coûter encore un peu de sang. Elle lui dit que tout va s'arranger, qu'il faut le soigner, que tout cela n'est pas très grave. Qu'il lui racontera après ce qu'il s'est passé. Qu'elle l'aime. Il ferme les yeux, bercé, anesthésié dans le liquide amniotique de l'amitié la plus pure.

Le «médecin» du camp, un Camerounais cherchant passage lui aussi, vient l'ausculter. Un homme aux gestes lents et à la grosse figure empathique dérangée en permanence par des paupières qui s'ouvrent et se ferment à un rythme inhumain. Il nous donne une adresse où l'on pourrait se procurer un peu de paracétamol, de la Bétadine et quelques bandages… Peut-être. Il recouvre les plaies d'une pommade blanche. Chichement, mais, dit-il, il ne lui en reste plus. Il se montre plus préoccupé par l'état de son flanc, espère que les côtes cassées n'ont pas percé le poumon… Il secoue la tête. Si c'est le cas. Il n'y a rien ici pour soigner une hémorragie interne. Il faudra lui dire adieu. Son visage en compassion ne parvient pas à dissimuler une habitude cynique et pragmatique de ce genre d'annonce. Il repart en pestant dans une langue que je ne connais pas, mais il insulte clairement le bon Dieu, ses créatures et le sol qu'ils foulent. Il en a trop vu. Comme nous tous. Lui aussi a peut-être mille ans. Je crois que c'est pour cela que l'on cligne des yeux, pour nous offrir le salut très éphémère de ne plus voir : pour feuilletonner notre peine et supporter le prochain épisode.

Nous veillons notre ami qui respire un peu mieux. Il grimace quand il mange, mais les assauts répétés d'Arafa et de maman pour qu'il se nourrisse ont raison de sa douleur. Il est moins pâle et l'antalgique semble avoir un effet que sa date de péremption ne laissait pas deviner. Il parvient à articuler un peu, comme s'il mâchait de l'écorce d'épineux, mais nous comprenons. Il trouve la force enfin de nous raconter son histoire.

Lui et ses amis étaient partis ensemble en soirée. En fait de « maison », Issa occupait deux cubes en ciment, assez grands, pas loin de la centrale électrique. Au sous-sol, il avait aménagé une cave en salon. Une porte sur le côté donnait sur un escalier qui distribuait un alignement de chambres pour le bon plaisir de ses invités. Un simple rideau dissimulait une pièce vraiment minuscule, quelques chaises et un réfrigérateur qui permettait d'abriter, notamment, les bouteilles d'alcool au frais.

La petite bande s'était séparée : chacun son vice, chacun son recoin sombre. Il avait été accueilli par le maître de maison lui-même qui lui avait présenté le patron de la station-service de la ville, lui suggérant d'embaucher celui qui avait « refait à neuf » sa précieuse chamelle à quatre roues.

Le regard d'Assim part vers le faîte de notre tente, gracieux et timide. Maman comprend et lui demande sans la moindre innocence si par hasard cet homme, le garagiste, n'était pas un peu, un tout petit peu, tout à fait séduisant…

Il confirme. Je jurerais qu'il rougit malgré les hématomes.

Bref, enchaîne-t-il, ils parlent ensemble, d'abord de travail bien sûr, se retrouvent sur tout, se rapprochent. Quelques questions plus personnelles ensuite, l'envie de prendre l'air. Leurs mains qui se rencontrent sans s'échapper, puis leurs visages et leurs bouches enfin. Ils s'écartent et se réfugient dans un endroit plus discret à l'extérieur. Il soupire et se hasarde à sourire : près des poubelles.

Ils s'embrassent de plus belle, se câlinent. Ils sont surpris par un garde d'Issa cherchant un endroit pour uriner. L'homme se met à crier. Lui tente de le raisonner quand il est frappé du poing par celui qu'il étreignait deux minutes avant. Celui-là commence à hurler aussi. Assim ne comprend plus rien. Les gens sortent. Il est vite entouré. Il est à terre, son amant le roue de coups de pied et prend l'audience à témoin avec un aplomb inimaginable, prétendant qu'il a tenté de l'agresser, de le violer, que c'est un pervers, un dégénéré, un criminel qui ne mérite pas de vivre sous le regard de Dieu. Il s'acharne, atteint la tête. Assim perd connaissance et est absolument incapable de savoir comment il a bien pu échouer là où nous l'avons découvert. Il pense qu'il a dû réussir à ramper. Ou on l'a porté. Il ignore qui. Mais qui que ce soit, il lui avait sauvé la vie. Momentanément. L'histoire allait se savoir et il ne donnait pas cher ni de sa petite affaire, ce qui n'était pas si grave, ni de sa peau, ce qui était bien plus préoccupant. Une grimace. Il conclut en s'excusant auprès de nous. Il pleure. Maman le prend dans ses bras. Il sanglote fort et répète sans fin qu'il n'est pas normal, qu'il est perverti. Que c'est sa faute… Arafa nous surprend et part d'un drôle de rire, gentil, un brin retenu et moqueur, mais franc :

— Allons donc ! Comme si tu étais seul au monde… Mais mon pauvre ami, Issa lui-même est connu pour son goût pour les jeunes garçons. Très jeunes. Lui, c'est un pervers !

Et elle pourrait lui donner le nom d'une dizaine d'hommes par ici qui ne fréquentent les femmes que pour la galerie. Elle se met debout et pose ses mains sur les hanches comme pour le sermonner :

— Et n'imagine pas que je ne m'en doutais pas. Ni moi ni la moitié du camp… Vous n'êtes pas très convaincants, tous les deux, en couple. Et puis, vous vous entendez trop bien pour être mari et femme… Ce qui est en effet beaucoup plus ennuyeux, c'est que tu aies été découvert. À la vue de tous…

Elle se rembrunit et se rassoit. Maman caresse doucement les cheveux d'Assim qui ferme des yeux enflés sur des joues trempées.

J'ai parcouru mille ans d'hypocrisie humaine, marché sur toutes ses voies, chacune de ses traverses. Chaque pavé ressemble à l'autre, jointoyé par l'envie, verni de faux-semblants. La route, éclairée par Dieu, la morale ou les autres, est bornée d'interdits à respecter ouvertement, à bafouer en catimini : ils permettent de vivre sans être.

Le legamat

Assim marche à nouveau, un peu contraint, endolori et de guingois, les pieds en dedans, mais il arrive à se déplacer. Étrangement, son aventure n'a eu aucune conséquence pour son commerce. Quelques clients se sont enquis de savoir s'il pouvait travailler. Ce qu'il s'est empressé de faire. L'un d'entre eux lui a quand même recommandé, sur le ton de la confidence, de ne pas se rendre à la mosquée avant un petit moment, sans savoir que notre ami n'y avait pas mis les pieds depuis ses quatorze ans.

Issa a disparu – la rumeur le situe à Tripoli – et confié à ses sbires le soin de maîtriser le camp et ses environs. Ce qu'ils font avec leur zèle habituel. Trois familles ont encore été retrouvées à une cinquantaine de kilomètres. Mortes de soif. Officiellement. Chaque jour le nombre des nouveaux arrivants compense largement celui des départs. Le camp s'étend imperceptiblement. Il devient ville en son centre, mais reste épouvantable bidonville à sa périphérie. Il prospère en habitants appauvris et entraîne les vies dans une routine de survie, sans trop d'à-coups.

Maman s'impatiente. Elle parle beaucoup avec Arafa et elles tombent d'accord : ce calme-là, relatif, n'est pas rassurant non plus. Les coups de bâton prennent toujours de l'élan dans le silence avant de tomber sans prévenir. Plus ils tardent, plus ils font mal. Karim, pense-t-elle, nous a abandonnés. Il racontera n'importe quelle histoire à Salah pour se dédouaner et nous ne le verrons plus jamais. Elle sait les hommes et leurs promesses en plumes d'oiseau, jolies, chamarrées, mais promptes à s'enfuir avec le vent pour se vautrer dans la poussière.

Un convoi doit partir incessamment, seulement une trentaine de volontaires se sont déjà manifestés. Il reste donc beaucoup de places. Deux camions vont remonter sur le Nord, vers Misrata. Maman frappe du pied sur le sol. Nous partirons, tous. Arafa comprise. Entre le petit trésor du garage et le sien, la «famille» entière peut faire le voyage.

Nous marchons, le pas très décidé, pour rejoindre le responsable de l'embarquement à l'autre bout du camp. Assim nous suit cahin-caha, les côtes encore douloureuses. Les transports sont déjà là, des imposants Mercedes blancs. Étonnamment, une outre à chameau trône sur leurs calandres, comme si le désert imposait même à ses monstres mécaniques ses ancestrales coutumes… Ou que leurs radiateurs à eau étaient une variété de camélidé. Une grande plateforme, hideuse caisse métallique à l'odeur d'excrément déjà insupportable, est accrochée en remorque à leurs cabines. Elles ont été transformées à la va-vite, dévoilant une rangée de bancs de chaque côté de ce qui fut – ce qui est encore – une bétaillère. Les hautes parois en ferraille empêchent les animaux de tomber. Pas les humains. Des réservoirs d'eau, en plastique jaune, pendent en gousses de caroubiers le long de leurs flancs.

On nous indique le chef. Il règle l'amarrage serré de jerrycans d'essence supplémentaires qui empuantissent plus encore l'atmosphère avec leur odeur entêtante de gasoil. Son chèche à la palestinienne, damier blanc et noir, surplombe un visage plutôt sympathique, ouvert. Une cicatrice lui balafre en peau pâle la tempe et la joue gauche. Il plaisante avec ses ouvriers. Il nous aperçoit et s'approche, nous salue très poliment. Maman répond sur le même ton et enchaîne, lui demande la date, la durée et le prix du trajet, elle précise que nous serons quatre. Il secoue la tête, sincèrement dépité.

— Vous ne serez que trois, si vous venez…

— Il n'y a plus de places ? Tu oublies ma fille ? Nous sommes quatre : une amie, Assim que voici, mon bébé et moi.

Il passe une manche sur son front, son arabe un peu rugueux de Libyen s'adoucit. Il baisse la voix et se déplace plus près de nous :

— Je suis désolé. Vraiment. Sur Dieu, je suis navré, mais je ne peux pas embarquer le mécano. Personne ne le peut. Les ordres d'Issa sont très clairs. Et je tiens à ce que nous arrivions à bon port. Je ne serai pas payé, sinon…

Il caresse involontairement sa cicatrice, en tic de nervosité ou en souvenir pénible de la dernière fois où il a ignoré un ordre.

Assim tire maman par la manche : inutile d'insister... Nous faisons demi-tour. L'homme nous rejoint en quelques pas rapides.

— Je ne suis finalement que le chauffeur ici, le guide aussi... Peu importe, il faut que vous sachiez que ce sera pareil chaque fois. Le mot est passé. Et je ne vois personne prendre le risque de laisser les chiens sauvages d'Issa attaquer son business. C'est déjà assez compliqué comme ça. Si on me parle d'une autre solution, je vous le ferai savoir. Mais je ne promets rien...

Il regarde notre ami, droit dans les yeux :

— J'ignore si ce que l'on raconte est vrai. Je ne veux pas le savoir. Je sais en revanche que tu es sacrément doué en mécanique. Crois-moi, je regrette vraiment de t'apprendre tout ça : on aurait eu besoin de toi sur le voyage...

Il pose une main sur son cœur pour valider ses paroles et nous dire au revoir. Assim marche, la mine sombre, la culpabilité ralentit ses pas. Il marche en procession, derrière ses remords. Il s'arrête.

— Vous devez partir sans moi. Je me débrouillerai. Ils vont finir par m'oublier ou ne plus voir que le mécano, comme à Karkar. J'ai l'habitude. Je n'ai pas débarqué au milieu du désert, là-bas, chez nous, pour rien. Cette histoire-là, je l'ai déjà vécue. Les coups en moins, ou moins forts... Partez. Je vous rejoindrai...

Maman le gronde comme j'espère qu'elle ne le fera jamais avec moi. Elle l'insulte pour se défouler. Tout y passe, y compris sa propre impatience, sa déception et ses peurs. Elle culpabilise à son tour et finit par l'enlacer, trop étroitement. Il gémit de douleur. Elle le lâche enfin et lui explique qu'il y a forcément d'autres moyens. Jamal, Issa… Tous les mêmes. On doit pouvoir faire autrement, les contourner. Il suffit de patienter et de saisir la chance qui ne manquera pas venir.

Les camions sont partis depuis une petite semaine. Arafa a refusé de prendre le passage. Elle se sent utile, prétend-elle, avec nous. Et qui s'occupera de faire à manger si elle n'est plus là ? Elle envisage cependant de rentrer au Tchad. Certainement pas dans son village, ou ce qu'il en reste, ni même dans sa région, mais peut-être plus à l'est, à Yao. Son mari y avait de la famille, un frère et un oncle. Maman lui fait remarquer avec douceur que la route est barrée par une porte qui ne s'ouvre que d'un côté, qu'elles ont toutes les deux emprunté une voie à sens unique : comment revenir en arrière quand toutes les filières de passeurs vont vers l'avant ? Bien sûr, certains renoncent, repartent. Mais sont-ils arrivés ?

— Et ceux de « l'avant », lui rétorque notre amie, ils sont arrivés ? Je pense que la balance penche plutôt pour ceux qui reviennent sur leurs pas… Ceux qui le peuvent, en tout cas.

Nous dînons en mâchant à parts égales fèves et idées noires. L'appel du muezzin pourtant parfaitement familier nous fait sursauter. Nous sommes prisonnières d'un monde qui dévale les pentes de nos vies comme un gros rocher sur le versant d'une montagne. Écrasant et erratique. La routine nous l'avait fait oublier.

Nous décidons de nous défendre. Maman décrète qu'elle passera désormais ses journées avec Assim, à son atelier. Elle l'aménagera, bien entendu. Quand les fauves chassent, ils tentent de séparer une bête fragile du troupeau avant de la saigner. Nous sommes le troupeau. Nous resterons groupées autour du plus faible.

Elle s'est mise au travail dès le lendemain. Puisque nous sommes piégées ici, autant rendre l'attente plus agréable. Nous partons faire des courses et entassons une brouette de cadeaux : des nouvelles nattes, pimpantes, toutes dans les tons rouges et verts – l'une d'entre elles, avec un joli motif en chevrons, servira de toit à notre nouvelle cabane sur le «garage» –, une marmite toute neuve, récemment martelée, quelques graines de pois à planter et un sac d'engrais pour les aider à pousser, et une grande bassine pour me baigner. Ma mère redécouvre le plaisir lointain d'arpenter un marché. Elle picore des yeux les étals, dépense de longues minutes à se saisir d'un objet, à l'examiner sous toutes coutures puis à le reposer. Elle s'amuse. Un jeune homme la voit plaisanter et s'approche. Il brandit un vieil appareil Polaroid. Où a-t-il bien pu dénicher ça? Il propose de la prendre en photo, «elle et le bébé». Maman me demande de sourire. Je ne veux pas : mes gencives à peine crénelées d'émail sont hideuses. Je préfère la dévisager, elle, malgré les ordres du photographe d'occasion. Elle lui envoie son regard perce-cœur. Celui qui sait lire et déchiffrer tous les hommes. Un rayon de lucidité terrible, mais compatissant. Il recule, puis comprend qu'il doit en témoigner, le saisir. Qu'il est privilégié. Il nous aveugle de son flash. Il secoue un petit bout de papier rectangulaire de longues minutes, puis nous le tend. Ma mère paye la photo, la contemple longuement, puis la glisse contre son cœur. Nous continuons d'arpenter le bazar. Nous finissons par dénicher, sur une planche encombrée d'un bric-à-brac d'objets récupérés sur de pauvres hères, une petite mallette pleine d'outils pour la mécanique. Il en manque certains dans les logements, d'autres sont un peu rouillés, mais Assim va retrouver le sourire et c'est tout ce qui importe.

Arafa s'est bricolé une nouvelle cuisine près de l'établi de notre ami. Elle a poussé sans ménagement l'installation foutraque du mécanicien. Il a pesté toute la journée contre cet encombrement imprévu. Elle n'a rien cédé. Il s'est incliné. Attirées par l'odeur, ou simplement par la convivialité naturelle de la Tchadienne, quelques dames du camp viennent s'installer pour discuter avec elle. L'une d'entre elles, une Soudanaise de Kassala, a apporté ses propres ingrédients et ustensiles et notamment un grand plat creux en aluminium qui lui sert de friteuse. Elle pétrit des petits beignets dans sa poigne protée, puis les balance dans l'huile avec un bruit délicieusement croustillant. Arafa lui a donné un paquet de sucre. Maman et Assim battent des mains comme des gamins : des legamats[1] !

Comme à la maison, comme autrefois, comme dans une autre vie...

Les papilles vous renvoient plus sûrement vers le confort de l'enfance que tous les souvenirs ou n'importe quelles vieilles photos. Les humains ont le ventre sentimental et la mémoire gustative. Je sais. J'ai mille ans.

1. Simples beignets de farine, gourmandises habituelles des cafés de rue soudanais.

Les hommes d'Issa viennent nous tourner autour. Plus intéressés pour une fois par la nourriture que par notre argent. Curieux et invasifs, ils tentent très maladroitement de profiter de notre café de rue improvisé, prétendent qu'ils peuvent payer. Les femmes se lèvent et les envoient «promener leur museau de chacal» plus loin. Elles rient entre elles et font pleuvoir sur eux une averse d'insultes, certaines franchement paillardes ou désobligeantes pour leur lignée antérieure... Maman a raison, l'effet de groupe éparpille les prédateurs. Surtout quand la meute n'est composée que de femelles alpha.

Notre petit nid de rébellion bon enfant devient un havre de paix pour toutes les échouées du lieu, un camp d'amazones déchues. Assim doit désormais recevoir visiteurs et commandes à une centaine de mètres. Leurs regards en disent assez sur la frousse que leur inspire ce fâcheux regroupement de dames fortes en gueule. Maman, dans son élément, n'est pas la dernière à plaisanter et à transpercer de son esprit vif et pétillant celui qui ose bomber le torse ou oublier l'humilité nécessaire devant «son» assemblée.

Deux grosses voitures rabattent au vent vers nous leur nuage de poussière. Des nouveaux clients sans doute. Notre garagiste part à leur rencontre et revient avec Karim. Je l'ai reconnu de loin avec ses grandes jambes et son torse puissant. Il s'approche. Sa démarche le déhanche étrangement. Son visage, émacié, a perdu de son teint bistre, comme si le soleil avait quitté sa peau en y laissant un halo jaunâtre. Son uniforme paraît être passé sous une avalanche de caillasses et peine à masquer les taches de sang. Ses hommes se présentent à peu près tous dans le même état. Nos amies farouches et frondeuses redeviennent toutes maternelles et tentent de s'occuper de la troupe esquintée désormais à nos côtés.

Le héron milicien accepte d'ôter sa veste et autorise même maman à découper son pantalon sur la cuisse droite. Un vilain trou – comme si un ver géant était monté par là en y laissant une trace de morsure circulaire et crantée – est à peine refermé et largement purulent. La Soudanaise aux beignets part chercher le médecin et, sur nos instructions, tout ce qu'elle peut récupérer comme bandages et soins dans notre tente.

Notre place forte féminine devient hôpital de campagne. Le docteur camerounais fait de son mieux. Tout en officiant, il explique drôlement et en français les traumatismes constatés, les soins qu'il applique à des patients éberlués, incapables bien sûr de le comprendre. Celui-là devait être professeur autrefois... Karim lui a donné suffisamment d'argent pour qu'il puisse se fournir au meilleur de ce que la pharmacie d'Al Jaouf peut offrir et même recruter son propriétaire comme aide-soignant. Les amies, plus cantinières qu'infirmières, papillonnent autour des blessés, les anesthésiant de paroles, de reproches bienveillants et de boulettes de riz.

Assim se plante devant Karim. Il vient de faire le tour de ses véhicules. Il est absolument outré par « ce que ces pauvres voitures ont dû subir ». Passent encore les coups et les trous sur la carrosserie, explique-t-il, mais les blocs-moteurs ont été comme frappés à coups de masse. Un acte de Dieu s'ils fonctionnent encore...

Surpris, puis amusé, Karim esquisse un haussement d'épaules et lâche peu de mots :

— Essence au plomb… Ça doit être ça…

Maman ne se contente pas de sa plaisanterie. Elle veut savoir comment – et peu importe les tout-terrain, précise-t-elle en fusillant Assim du regard – ses hommes et lui ont-ils pu se retrouver dans cet état. Et pourquoi ont-ils attendu si longtemps avant de revenir ?

— Pour ça en effet, dit-il, je te dois des excuses. Crois-moi : si j'avais pu revenir plus tôt, je l'aurais fait. Je ne peux que te confier que des difficultés opérationnelles ne nous l'ont pas permis…

Les dames se sont approchées pour entendre une histoire. Les « difficultés opérationnelles » et l'avarice de parole du blessé les frustrent plus que tout. Elles le lui font savoir. L'une d'entre elles le menace de « le laisser au désert le cul à l'air tout abîmé qu'il est en ce moment ! ».

Le guerrier nomade ne peut se battre contre notre tribu de Diane chasseresses. Il capitule, se cale plus confortablement et cède à son ego flatté d'être, pour cet instant, le centre d'attention de cette courtoise réunion :

— Bien… Nous avons pourchassé d'abord une troupe de rebelles vers le nord-ouest. C'était la mission d'origine. Les informations semblaient solides. Elles l'étaient. Nous les avons retrouvés et affrontés. Rien que de très normal jusque-là. Mais les combats ont été plus durs que prévu. Il y a eu des morts et des blessés et nos Toyota étaient foutues. J'ai emprunté les leurs, celles qu'Assim a vues, et je suis reparti vers vous. Une bande de voleurs, sans uniforme à proprement parler, probablement de l'État Islamique, a dû nous prendre pour nos ennemis d'origine. Bref, ils nous ont attaqués. À coups de mortiers. Ils ne nous ont pas lâchés. Je les ai promenés jusqu'à Waw el Kebir[1]. Quoi que nous fassions, ils nous suivaient et nous « abîmaient », comme vous dites. J'ai décidé de les affronter en fortifiant un point de l'oasis. Bonne décision. Après une petite semaine, ils sont partis. Nous sommes rentrés comme nous avons pu. C'est tout.

Notre petite foule se disperse à la grande déception du « héros » du jour prêt à parader sous le feu des questions, trop mâle pour saisir que ces femmes n'accorderont jamais plus de temps que nécessaire à des histoires de tueries et à ceux qui les mènent. Elles se préoccuperont d'abord des victimes.

Je les comprends, je sais, j'ai mille ans. Le « comment » a peu d'intérêt. Le « pourquoi » trouve généralement sa réponse dans un comparatif musclé, compétitif et pelvien entre porteurs de pénis. Sans intérêt pour les utérus qui les font naître.

Karim et ses camarades se remettent assez vite. Quelques-uns ont même investi un bout de parcelle pelée, tracé des sillons au sol, planté des piquets et décrété qu'il s'agissait d'un terrain de foot. Ceux qui ne jouent pas n'oublient pas leur métier et patrouillent autour de notre périmètre. Ils nous apportent un sentiment de sécurité assez bienvenu. Les sbires d'Issa ne les approchent pas. Nous avons donc déménagé notre tente jusqu'au garage qui leur sert de camp de base. Mais

1. Vieux volcan du Sud libyen qui abrite une oasis dans son cratère.

maman insiste pour que nous partions au plus vite. Elle nous confie qu'elle n'a pas entièrement confiance et qu'elle préférerait quitter l'endroit avant que tous ces hommes armés ne fassent la paix parce que «s'ils décrètent une trêve, ce sera avec notre sang en encre de signature». J'approuve : notre «sauveur» a remis ses lunettes aux verres marron. Et il a trop tué ces derniers temps pour ne pas être en manque maintenant.

Arafa doit décider si elle souhaite venir avec nous ou essayer de rentrer dans son pays. Nous avons l'accord de Karim : nous pouvons l'emmener. Mais le veut-elle? Elle hésite, passe ses journées à osciller entre une gaieté un peu forcée et de longs moments de réflexions ombrageuses parfois ponctuées à voix haute d'onomatopées aiguës. Elle nous fuit un peu, de peur certainement de devoir en parler, ou de donner une réponse.

Le départ approche. Demain ou après-demain. Nous décrétons que nous tiendrons conseil ce soir pour trancher une bonne fois pour toutes. Inutile, nous explique-t-elle, sa décision est prise. Enfin. Les amies de notre petite bande matriarcale ont trouvé un moyen. Un camion part à vide pour un rendez-vous à la frontière tchadienne. Elle plaisante : elle voyagera en première classe, sur le siège du passager. De là, elle contactera l'oncle de son mari afin de se faire rapatrier chez lui. Grâce à l'argent que nous lui avons donné, ce ne devrait pas être un problème. Elle baisse la tête et la voix. Quelques larmes roulent épaisses sur ses joues creuses, son anneau nasal tressaute :

— Je n'en peux plus. Je suis désolée. Je ne peux pas aller plus loin. Je vous abandonne, je sais, mais je n'ai pas la force de continuer. Je me sens vieille. Et pour quoi faire ? L'amour de ma vie est mort. Nos rêves enterrés avec lui. J'ai besoin de revivre et de trouver les raisons pour le faire. Ce sera chez moi ou, à tout le moins, dans mon pays, avec ma famille…

Elle extirpe un bout de papier de ses habits. Elle ne sait pas écrire, mais elle a fait griffonner par une autre l'adresse des parents qu'elle compte rejoindre. Elle compte sur nous pour lui écrire. Lui raconter notre vie « là-bas », ailleurs. Meilleure. Forcément meilleure. Elle se fera lire les lettres. La nuit s'écoule, douce. Nos regards couvent un feu qui réchauffe moins que la bulle d'amitié, bientôt percée, dans laquelle nous nous sommes réfugiées ce soir-là.

Le haboub

Karim, plus goguenard que sérieux, un sac plastique noir alourdi par sa charge au bout du bras, interpelle Assim très occupé à mettre la dernière main sur les voitures qui vont nous embarquer dans une heure. Il lui lance son petit fardeau. Vite ouvert. Maman sourit. Un uniforme d'une fraîcheur douteuse…

Le milicien explique que le trajet va être long et certainement haché de multiples check points ou de contrôles improvisés. Impossible de deviner dans ce chaos où s'entrechoquent milices, forces régulières, islamistes et voleurs de grands chemins – sans que l'un n'exclue l'autre –, les conséquences pour des «civils» en transfert. Le plus sûr étant donc de faire de notre mécanicien un militaire soudanais, de la dame et de son bébé des personnes importantes en convoi protégé. Et de laisser ceux qui nous intercepteront imaginer ce qu'ils souhaitent à notre propos. La force de la divination humaine et de ses fantasmes de puissance ou d'importance contre la simple réalité des faits. Un combat toujours gagnant. J'approuve.

Il vient d'enfiler son déguisement avec tout le dégoût dont il peut faire état sans heurter la sensibilité des «vrais» soldats qui l'observent, balançant entre blasphème et ironie. Maman fait de son mieux pour ne pas pouffer trop ostensiblement, Arafa n'y parvient pas et son rire aigu cascade certainement jusqu'à Ndjamena.

— Un poussin dans une peau d'aigle, s'esclaffe-t-elle.

Les manches atteignent largement la moitié de la paume, les épaules pourraient être des coudières et il faudrait allonger ses jambes de dix bons centimètres pour que le pantalon soit taillé à peu près correctement. Visage imperturbable, Karim tend une corde en chanvre à Assim.

— Pour la ceinture, dit-il sobrement…

Avant de céder, lui aussi, à une crise d'hilarité contagieuse et irrépressible.

Nous nous tenons toutes les trois, dos au camp, instinctivement tournées vers le nord, notre direction. L'étreinte entre maman et Arafa me fait suffoquer, mais je patiente. Celles-là ont trop partagé pour ne pas se griffer le cœur en se quittant. La Tchadienne montre un soleil pâle, prêt à s'enflammer, mais trop jeune encore pour s'embraser.

— Il nous verra, ils nous verront tous de là-haut. Il emportera mes pensées avec lui vers toi. Il suffira d'écouter.

Ma mère se contente de saisir son poignet et d'y verrouiller un épais bracelet en argent gravé d'entrelacs, un bijou classique de l'artisanat de chez nous. Elle soulève le fermoir et lui montre une petite trappe dans laquelle elle a glissé le Polaroid fait au marché. Elle en a découpé largement les contours pour ne garder qu'un petit carré, nos visages.

— Et si le soleil est voilé, tu n'auras qu'à ouvrir ça...

Elles s'embrassent.

J'ai mille ans et j'ai vu des milliers d'amulettes, il y a celles qui vous protègent et celles qui avivent le souvenir. Les deuxièmes sont bien plus efficaces que les premières. Et bien plus dangereuses pour ceux qui s'en servent, puisqu'elles vous font courir à reculons vers le passé.

Derrière nous, le camp s'éveille en s'ébrouant et en grommelant, son haleine fétide nourrit le nuage gris qui lui sert de voûte. Cet animal-là ne nous a pas avalés. Pas entièrement.

Suivre une piste dans le désert, c'est tenter de saisir deux traces parallèles hypnotiques sur un nuancier infini de jaunes. À trop observer les empreintes de ceux qui ont précédé, l'on finit par s'emmêler les rêves, y voir une tresse psychédélique, s'imaginer chevaucher un serpent de légende, de ceux qui vous emmènent vers votre destin. Quel qu'il soit. Le renoncement fait partie du voyage.

J'ai mille ans et je sais que les humains, face à l'immensité, déverrouillent leur imagination pour s'évader et peuplent le vide de leurs fantômes, de leurs espoirs et de leurs peurs. Leur imaginaire, aiguillonné par l'absence de repères, l'anime d'une galerie mouvante de portraits d'eux-mêmes, tous différents, difformes et souvent monstrueux. À ne pouvoir rien voir, on devient miroir de nos propres aveuglements. Et les hommes finissent par construire des murs. Pour borner leur imagination et ne plus penser.

Pour se rassurer.

Nous nous arrêtons enfin à l'abri d'une dune plus imposante que les autres. Mécanique et humains doivent observer une pause bienvenue. Maman s'éloigne pour satisfaire une envie naturelle. Assim nous accompagne et la protège des regards indiscrets avec sa veste grande ouverte pendant qu'elle officie.

Je gigote dans mon harnais de tissus. Le désert veut nous avertir. L'air vibre étrangement comme compressé entre sol et ciel, même les criquets écoutent, regimbent puis se taisent. Je perçois un sifflement, un râle, un déboulé titanesque de grognements. Je n'entends rien. Inutile : je sens. Je pleure pour avertir.

Maman s'excuse auprès de Karim : elle n'arrive pas à me calmer. Il secoue la tête :

— Elle a raison, la petite…

Il lève son visage vers un bleu sans nuage, une ligne marron au loin. Il flaire, littéralement. Comme un chien suivrait une piste. Ses pommettes de carnassier sahélien s'étirent vers ses oreilles, lui dégage le nez et retrousse ses babines. Il devient animal, prédateur, donc à l'affût. Il pose une main sur le sable, en ramasse une poignée et l'éparpille. Les grains tombent à la verticale. Pas le moindre souffle d'air. La chaleur pourtant tourbillonne comme attisée par la terre et rebondissant sur les dunes. Nous nous tenons sur la plaque d'un four à chaleur tournante.

Une vague lame de froid glisse sur ma joue. Une fraîcheur incongrue dans notre creuset de l'enfer. Le nomade l'a sentie, lui aussi. Il s'agite, fait disposer les voitures côte à côte, fermer les hayons et les fenêtres, recouvrir les capots avec des bâches. Assim vérifie que les calandres profitent elles aussi de la protection. Les soldats enfoncent profondément des piquets dans la dune qui nous surplombe et tendent une grande toile qui recouvre en pente les deux véhicules. Ils font en courant un tour des environs et transportent au loin tout ce qui traîne et pourrait être emporté : branches et pierres. Ils vérifient que les bouchons de jerrycans sont bien vissés et laissent les conteneurs hermétiques, jettent leurs armes dans les coffres, éteignent toute l'électronique et se recouvrent le visage de leur chèche. Karim tend une bouteille d'eau minérale à maman. Elle mouille le linge léger qui me couvre ma tête.

Le vent se fâche. Il gifle et gémit, tout à la fois bourreau et victime, plus fort de risée en risée puis constant jusqu'à devenir longue plainte étranglée, contrainte. L'air, irrespirable, se soumet au sable et à la poussière lourde. Il cherche son propre oxygène. Paniqué. Il devient tangible, envahissant. Vivant. Un ronflement de fin d'univers prend tout l'espace. Un gigantesque nuage noir dissimule le soleil, roule du sol au ciel et recouvre l'horizon. Il dévore la lumière. Des éclairs comme des crocs vibrants et éblouissants, craquant et déchirant une ire tellurique, parcourent cette gueule titanesque et sombre. Elle nous ingurgite. Les voitures tanguent soudain comme secouées par une poigne divine et colérique. Le sable arrive à franchir toutes nos défenses.

Une pellicule, de plus en plus épaisse, recouvre le tissu de nos sièges et le plastique noir du tableau de bord. Ouvrir la bouche, c'est l'avaler. La fermer, c'est étouffer. La chaleur, revenue, nous cuit à l'étuvée. À peine transpirées, les gouttes de sueur s'assèchent.

Maman me serre contre elle et vérifie compulsivement que je peux respirer, que je respire. Karim, assis sur le siège du conducteur, semble endormi. Seules ses lunettes dépassent de son turban. J'observe le tissu se rétracter à intervalles réguliers à la hauteur de ses narines. Il ne dort pas. Il veille. Se sait survivre, le corps et l'esprit tendus en instinct primaire, animal : respirer, rester immobile, patienter.

Agacé par notre passivité, le monstre s'acharne et envoie sa foudre nous déloger en tir d'artillerie. Un souffle plus fort qu'un autre vient nous mitrailler de petits silex qui déchirent la bâche et pointillent le pare-brise d'éclats. Assim pose la main sur la poignée de la portière pour remettre en place notre protection. Maman lui saisit le bras. On verra plus tard. Les démons du désert nous assiègent, gardons portes fermées, herses baissées. Qu'ils restent dehors. À rester inerte, on lasse les plus sauvages des plaies de la nature. Le ronflement devient plus régulier, puissant mais sans accès de colère. Karim sort de sa torpeur et se retourne vers nous :

— Le haboub va tenir encore toute la journée, voire plus, avant de nous dépasser. Profitez-en pour dormir. Il y aura suffisamment de travail quand il sera terminé.

Je m'endors, paradoxalement bercée par la calamité, heureuse de vivre un sursis qui s'égrène en sablier dément au-dessus ma tête.

Le frottement sur la carrosserie s'est estompé. Les ronflements du vent s'apaisent. La tempête de sable nous quitte à regret et part dévaster d'autres vies, d'autres paysages. Les voitures sont désormais empaquetées sous leurs bâches, un dernier cadeau de cette apocalypse mouvante. Assim tente une fois de plus d'ouvrir la porte. Cette fois, c'est Karim qui l'en empêche.

— Attends… Regarde !

Il nous demande de faire balancer la caisse en nous agitant d'un côté et de l'autre. Dans le même temps, il met le moteur en route et allume les phares… Le pare-brise s'allume en halo constellé de taches noires. Elles gigotent et se carapatent. Les scorpions ont compris où était l'abri. Ils en ont profité. Les essuie-glaces crissent sur le sable mais les balaient sans ménagement. Je suis très heureuse de voir que les soldats dans l'autre véhicule ont pris les choses en main et s'affairent eux-mêmes à nous dégager de la toile plastifiée. Maman fait la grimace. Assim se donne une contenance en fouillant dans sa besace à outils, une excuse crédible, il va en avoir besoin.

Notre tout-terrain a souffert. Une pierre a percé le radiateur qui y a laissé toute son eau. L'autre se porte mieux. Karim envoie deux de ses hommes en reconnaissance. Nous pouvons enfin sortir de ce cercueil sur roues. Je regarde autour de moi. Le haboub est gourmand : il embarque le désert avec lui. La grande dune a été étêtée et ne trouve plus qu'un peu de hauteur à notre niveau. Nous lui avons servi de mur de soutènement. Elle est partie voguer ailleurs, paresser un peu plus loin, ou a été ventilée à tous les horizons. Le soleil lui-même réapparaît timidement, comme s'il demandait l'autorisation de briller à nouveau. Le ciel, encore orangé de poussière, lui accorde son blanc-seing et le supplie de bien vouloir l'éclaircir.

Les soldats reviennent à la nuit tombante de leur tour d'inspection. Un autre convoi que le nôtre a été pris sous le sable. Plus au nord encore, à une cinquantaine de kilomètres. Ils ont aperçu des camions, ou des gros pick-up. Impossible de se fier aux jumelles avec toute cette poussière dans l'air. Mais ils ne bougeaient pas. Ils ont préféré rendre compte plutôt que trop s'approcher. Les charognards des alentours n'ont pas tous des ailes ou des griffes, certains préfèrent les AK[1], mieux vaut aller voir en groupe ou carrément éviter le secteur. Karim décline cette option : c'est sur notre route, trop délicat de faire un détour, nous passerons par là demain. Je le regarde, il a ôté ses lunettes. Je jurerais voir ses yeux se cercler de jaune vif, ses iris englober ses pupilles et devenir immenses et noirs, son nez devenir bec. Le faucon du désert a repéré une proie. Il la laisse seulement croire qu'elle est à l'abri. Il la rassure avant de fondre sur elle.

Nous approchons précautionneusement vers les carcasses : un gros Mercedes comme ceux que nous avions vu au camp et un Toyota à plateforme, son inévitable mitrailleuse encore bien visible. Maman et Assim

1. Autre appellation des kalachnikovs dérivant de leur nom technique d'origine : «Avtomat Kalachnikova».

s'échangent les jumelles. Nos soldats encerclent la zone et avancent en groupe de deux, armes parées à tirer. Des petits sifflements et des gestes simples leur permettent de se coordonner. Je n'entends rien pendant un long moment. Puis quelques voix, plus distinctes. Celles des nôtres : l'arabe soudanais ne trompe pas.

Karim revient, un peu dépité :

— Il doit s'agir d'un transport d'ouvriers pétroliers. Leurs moteurs se sont encrassés, sans doute sous la tempête, et ils ont bêtement décidé de continuer à pied. On va trouver des cadavres tout le long du chemin.

Il envoie Assim «récupérer tout ce qu'il peut» sur les engins. Maman décide de l'accompagner, pour se dégourdir les jambes et aussi pour contrôler les dires de notre guide. Je sens qu'elle non plus ne lui fait pas confiance.

Le sable a mangé sa part de ferraille. Je regarde au sol, à la recherche de traces. Peine perdue, le vent a bien entendu tout effacé. Le mécanicien s'acharne sur un alternateur, quand maman lui fait remarquer que les boîtes à gants sont béantes, les papiers dérangés. Dans celle du camion, reste un revolver peu reluisant mais chargé. Elle a vérifié. Il s'en empare et le glisse maladroitement dans une poche de sa veste. Elle s'éloigne, revient vers nos voitures où Karim tient un petit conseil de guerre avec ses hommes, tous penchés sur des liasses visiblement empruntées aux épaves. Elle se tient à distance mais écoute.

Il s'agit, selon eux, de documents officiels libyens, essentiellement des autorisations de circuler et d'entrer sur quelques champs pétrolifères et leurs camps de vie aux alentours de Jalo. Karim froisse l'un d'entre eux sous son index tendu et appuyé. Celui-là pourra servir. Nous nous rapprochons. Il lève la tête vers nous et esquisse un sourire satisfait.

— Dieu marche à vos côtés, c'est un papier signé du général Haftar lui-même qui autorise le porteur à se promener dans tous ces territoires... Le vieux lion doit tirer pas mal d'argent de ces installations...

Il fait un grand geste du bras qui englobe les environs.

— Je le garde. Cela renforce notre fable de convoi autorisé. Et les Libyens sont incapables de désobéir à un papier officiel. Ces types sont tous nés dans une administration ! Vous avez beaucoup de chance...

Maman se touche instinctivement le front et les lèvres. Bon ou mauvais, le sort ne doit pas être évoqué. Le faire, c'est provoquer les djinns, les diables et leurs tourments. J'ai mille ans. Je sais que l'être humain peut être superstitieux et raisonnable à la fois. Mais s'il est sage, il souhaitera devenir transparent, invisible. Et laisser le hasard jouer avec des hommes moins discrets que lui, avec ceux qui le remercient ou le maudissent. Nommer le destin, c'est déjà le défier.

Nous avons contourné Jalo, ses fumées noirâtres, son odeur de brut crasseux et ses grands membres mécaniques qui semblent défoncer le sol à chaque coup de balancier, pour reprendre la piste vers le nord-est. Le désert se durcit par endroits, nous obligeant à ralentir pour franchir des strates de roches acérées. Nous gonflons puis dégonflons les pneus pour franchir les obstacles avec une ténacité et une patience que ne peuvent avoir que ceux des sables. Chaque nuit son feu de camp, ses tours de garde et les histoires sans fin de soldats ressassant une action héroïque, sur le terrain ou avec les dames. Maman fait semblant de ne pas entendre. Ces hommes ont le droit de se vanter. Elle a le devoir d'oublier qu'elle en a vécu. Elle s'écarte, pense à autre chose. Mais ce soir, Karim lui demande de se joindre à eux. Le lendemain, nous devons couper la grande route qui mène à Tobrouk. Il ressort sa carte. Un grand axe la traverse de droite à gauche. Il la prend à témoin :

— Je propose de la jouer franc-jeu. Si on essaie de passer en douce et qu'on se fait prendre… Cela pourrait se compliquer sérieusement. Donc on traversera au niveau de Ghunayma. C'est une petite ville, mais elle est sous surveillance. On croisera forcément des gars d'Haftar. Je voudrais m'assurer que tout le monde soit bien dans son rôle.

Ma mère acquiesce. Elle se fera discrète…

— Pas forcément, il faudra jouer la femme d'un dignitaire quelconque, telle que je l'imagine, un peu hautaine et méprisante… Un visage fermé ne fera pas de mal…

Elle se racle un peu la gorge, tend ses épaules, puis les voûte légèrement, pince les lèvres vers le bas et plisse un peu les yeux qui regardent par en dessous. Son menton se ride sous la mimique.

— Comme ça ?

Elle est applaudie. Seul Assim la dévisage avec effarement et crainte :

— J'ai eu l'impression de revoir Samsih en chair et en os.

— C'est l'idée…

Les traces réapparaissent sur le sol. Nous les suivons encore. Au loin, une grande ligne sombre barre l'horizon, des points de couleur mouvants, minuscules pour l'instant, semblent la décorer.

— La route, se contente d'observer Karim.

La piste devient presque chemin de sable tassé. Nous roulons doucement et nous nous intégrons à un très faible trafic. Les vitres teintées nous aident à entretenir le mystère. Le pare-brise étoilé passe inaperçu par ici. Normal.

Une vieille Peugeot blanche entièrement rafistolée s'arrête devant nous. Deux colonnes de pneus délimitent le passage. Un homme se tient au beau milieu. Un autre contemple la scène, vautré sur une chaise en plastique devant une cabane hâtivement peinte aux couleurs rouge, noire et verte de la Libye, une antenne satellite bricolée sur son toit.

La voiture précédente est partie. C'est notre tour. On nous fait signe d'ouvrir la fenêtre côté conducteur. Karim s'exécute. Il tient à la main le précieux viatique récupéré sur les carcasses dans le désert. Le garde tente de regarder à l'intérieur de l'habitacle. Maman me met un peu sur le côté et appose sur son visage son masque acerbe de mère maquerelle de Karkar. Assim compose, avec un certain succès, la figure austère, martiale et fermée du nomade.

Un autre commandement : Karim doit descendre. L'autre lui adresse un salut militaire. La requête est poliment mais fermement formulée. Les deux hommes font ensemble le tour de la première voiture, la nôtre, puis celui de la deuxième, celle des soldats. À mi-chemin, l'atmosphère se détend. Je les vois plaisanter dans le rétroviseur. Tout en marchant, le policier libyen raconte, avec force gestes, une histoire qui tantôt lui fait mine joyeuse et tantôt sombre. Le Soudanais lui met une main sur l'épaule. Il compatit. Son autre main plonge dans sa poche cargo, y pioche un petit rouleau de billets et le dépose dans la paume en bénitier de l'autre.

L'affalé sur son siège se redresse, remet son béret en place, attrape sa kalachnikov et les rejoint, inquiet sans doute de voir son collègue bénéficier seul de cette manne inattendue. Il semble plus pointilleux. Karim lui montre son document. Il le regarde en le tournant dans tous les sens. Je le soupçonne de ne pas savoir lire, ou très mal. Il se focalise sur le sceau aux armes de son pays. Il claque la langue, discute un peu, puis nous demande de nous garer sur le côté : il doit appeler ses supérieurs.

Karim remonte dans la voiture, se saisit discrètement du talkie qui lui sert à communiquer avec ses hommes, le règle sur la bonne fréquence et le file à Assim :

— Contente-toi de leur dire que l'on va se garer là, du côté de Marra…

— Marra ? comme le djebel[1] ?

— C'est ça. Vite. Passe-leur la consigne. Ils comprendront. Vous, vous restez dans la voiture. Vous ne sortez sous aucun prétexte. Et si ça tire… Je ne sais pas… Faites-vous tout petits…

1. Le djebel Marra est une zone montagneuse du Darfour défendue par une milice rebelle au régime de Khartoum. Et le lieu d'affrontements violents avec les forces gouvernementales.

Il redescend de la voiture avec un grand sourire sur le visage. Large comme le cimeterre de Saladin.

La conversation est rythmée par les petits cafés au gingembre. Karim et les deux Libyens semblent malgré tout bien s'entendre. Maman ouvre un peu la vitre.

Le ronchon jaloux explique qu'il a appelé son lieutenant. Il doit venir. Aujourd'hui, demain ou après-demain… Notre nomade a fait la moue. Deux fois. D'abord au mot «lieutenant», toisant l'autre de son grade de capitaine. Il brosse nonchalamment, du tranchant de la main, les barrettes qui en attestent. Message reçu.

Ensuite sur le délai. Sans rien dévoiler, tout en circonvolutions, il laisse entendre que «la dame» est attendue. Qu'il faut bien saisir que, lui, il ne décide de rien. On lui a demandé de délivrer un colis à un personnage qu'il pense très important mais qu'il ne connaît pas. Il sera payé, pas grand-chose, s'il arrive dans les temps. Il prend à témoin ses deux interlocuteurs. On sait tous ici ce qu'il peut en coûter de ne pas satisfaire l'un de ces dignitaires locaux qui se fichent totalement des difficultés, des peines et des efforts de simples soldats comme eux… On a tous eu une hiérarchie grincheuse et inéquitable… Il crache par terre pour bien préciser le fond de sa pensée. Les autres approuvent en supant bruyamment dans leurs tasses, mais font remarquer qu'eux sont coincés ici, dans ce bouge, et n'ont pas le loisir de convoyer qui que ce soit… Pour un salaire de misère. Et les «droits de péage» ne nourrissent pas son homme… Voilà qui mérite réflexion et peut-être un soda… Karim envoie l'un de ses hommes chercher trois canettes de Sprite.

Un convoi passe le check-point à grande vitesse sans même condescendre à changer d'allure. Quatre grosses berlines noires de marque américaine, gardées en tête et en queue par les inévitables plateformes à mitrailleuses. Elles s'éloignent dans un nuage de poussière. Il soupire, les Libyens esquissent un pâle sourire. Comme si ce brusque rappel à la réalité les avait tirés de leurs petits soucis, les trois compères se mettent assez rapidement d'accord sur une somme, modeste. Nous pouvons poursuivre notre route. J'ai mille ans. Je sais que les hommes, confrontés à plus puissants, peuvent se lier momentanément et trouver un terrain d'entente. Rien de plus fort que le sentiment commun de déclassement pour fabriquer de la solidarité, souvent vaine mais toujours réconfortante.

La baudruche

Nous ne sommes plus seuls sur la route. De nombreux camions-citernes, quelques voitures armées et même des ânes empruntent la même piste que nous. Karim nous explique que nous allons nous arrêter à la dernière ville avant Derna, El Ezzeiat. C'est là que nous devons rencontrer notre passeur. Il nous répète que nous devrons être prudents : de nombreuses bandes de «recruteurs» traînent dans la région. Ils embarquent de force les migrants perdus et les contraignent à travailler… Une main-d'œuvre bon marché.

— Des esclaves, glisse maman entre ses dents.

Il hausse les épaules, un brin fataliste et résigné, pas choqué, très habitué.

J'ai mille ans et je sais que l'asservissement est un but en soi pour certains. Simple question de puissance égotique. Asservir, c'est dominer. Dominer, c'est être conforté dans son appétence de pouvoir, jamais rassasiée. Un cercle vicieux et violent.

Par souci, donc, de discrétion, nous dépasserons la bourgade et nous dormirons encore une fois dans le désert, avant la Méditerranée. L'homme nous rejoindra quand il lui aura expliqué comment nous trouver.

Le matin nous éblouit d'une luminosité inattendue. L'air porte en lui une odeur entêtante, moite et presque moisie. Nos vêtements sentent la saumure.

— La mer n'est pas loin, résume Karim, son flair en éveil.

Comme d'habitude.

Une voiture débarque de l'est, devant le soleil. L'homme qui en descend se débat avec deux téléphones portables et goûte peu apparemment d'avoir eu à se déplacer jusqu'à nous. Sa figure, plutôt épaisse, les traits grossis par la fatigue ou l'alcool, semble incongrue au-dessus d'un survêtement de sport flambant neuf et des baskets rouge vif propres et voyantes. Celles-ci requièrent désormais toute son attention. Il enjambe une mare de boue pour ne pas les maculer.

Il salue Karim, venu à sa rencontre, sans affectation particulière. Notre nomade nous présente. Le Libyen nous toise comme à l'étal. Les commissures de ses lèvres disposent de trois niveaux d'appréciation. Position haute, bien ; médium, moyenne ; basse, catastrophique. C'est d'ailleurs dans cet ordre qu'elles nous évaluent, maman, Assim et moi.

Très impliqué dans son rôle d'homme d'affaires débordé, il nous explique son *modus operandi* tout en envoyant et recevant des messages sur ses écrans. Sa conversation est ponctuée de coups de grelots l'avertissant qu'il doit, absolument et sur-le-champ, se préoccuper de lire ce qui arrive. Il truffe son arabe de mots d'anglais, sans doute pour se préparer à devenir le futur mogul de l'endroit ou pour nous impressionner. Ou alors pense-t-il qu'il est filmé… Maman l'observe en penchant un peu la tête, amusée et circonspecte. Il croise son regard, y trouve suffisamment de pitié pour se sentir misérable, se redresse un peu, reprend une langue plus orthodoxe et agite ses chaussures comme pour lui montrer qu'il faut savoir se fier aux savates et donc l'apprécier à sa juste valeur.

Il nous conseille de ne pas bouger pour l'instant. Il fera venir quelqu'un nous chercher très tôt le matin. Nous serons directement emmenés sur notre « meeting point », la plage, pour les dernières consignes et l'embarquement sur un bateau. Nous avons, poursuit-il, beaucoup de chance d'avoir été accompagnés le long du voyage. Ce n'est pas le cas de tout le monde. Mais à partir du moment où nous serons sur la « drop zone » nous devrons accepter d'être traités comme les autres. Il conclut en jetant un œil à Karim : maintenant, pour que tout cela se fasse, il convient de parler « business ».

Les deux hommes s'assoient, rejoints d'autorité par maman et Assim. Le survêtement hausse les sourcils, mais se souvient que le client est roi, fût-il reine, et nous propose différentes solutions. Du moins cher au plus cher.

Tout dépend d'abord du moyen de paiement, il préférerait un Money Transfer mais le cash est acceptable. À condition que ce soient des dollars américains. Il sourit. Le dinar libyen n'est plus ce qu'il était…

— Cash, coupe maman assez brutalement, excédée ouvertement par notre interlocuteur.

Bien, approuve-t-il. Ensuite, il doit savoir si nous avons besoin d'un transport, arrivés sur place, en Europe.

Et lequel. Autocar, train, voiture… Tout cela n'a pas le même prix. Et, évidemment, tout dépend de la destination. La Grande-Bretagne est plus chère que la France ou l'Allemagne par exemple.

— France, répond maman, fermement décidée à ne pas lâcher plus d'un mot à la fois.

Bon choix, la félicite-t-il. Il faudra donc oublier la Grèce et prendre une embarcation pour l'Italie. Il eût mieux valu que nous partions de Tripoli ou de Misrata, mais enfin nous sommes là. Le trajet sera plus long mais pas impossible. Il a d'autres volontaires pour Lampedusa. Beaucoup. Il en a l'habitude.

— Combien ? s'agace maman.

Pour le trajet complet, ce sera dans les deux mille dollars chacun, donc six mille au total. Trois mille pour lui immédiatement. Le reste à remettre à ses hommes de confiance, ses « partners » au fur et à mesure du trajet.

Karim prend le relais pour la négociation. Ma mère ne réclame qu'une chose, un nom et un numéro de téléphone pour joindre le relais italien promis. Elle s'apprête à laisser les deux hommes discuter, puis se ravise, pose une main sur l'épaule de Karim et cloue sur place le Libyen.

— Si tu ne tiens pas parole… Tu sais que j'ai des amis. Et que tu risquerais un peu plus que la banqueroute… Nous sommes okay ?

— Okay, répond le passeur en cherchant de l'aide auprès du militaire soudanais qui se contente de remettre son holster en place.

Karim et ses hommes nous entourent. Certains nous envient, les autres, la majorité, peinent à cacher qu'ils nous voient déjà morts. Lui ne laisse rien paraître. Maman lui demande ce qu'il va faire désormais. Il lui sourit avec une candeur inhabituelle et tripote un colifichet pendant à son cou, une amulette en cuir. Un cadeau, certainement. Un souvenir. Évidemment. Grâce à notre argent, il va rentrer chez lui, au Soudan. Sans doute faire plaisir à sa mère, à sa famille. Et tenter de se trouver une épouse. Mais il a une dernière mission à accomplir avant ça… Le passeur en survêtement est prêt à le payer assez confortablement pour qu'il s'occupe d'une bande rivale, un autre réseau. Ils vont aller les « chatouiller » un peu.

— Ça ne finit donc jamais vraiment ? demande-t-elle.

— Quoi donc ?

— La guerre, les combats… Tu peux rentrer, mais non : tu acceptes encore un contrat…

— Je gagne ma vie comme ça…

— Et tu vas la perdre comme ça aussi…

Elle lui accorde un vrai sourire, lui tapote la joue en se dressant sur la pointe des pieds. Elle sait que les guerriers d'ici ne se battent ni pour l'argent ni pour la gloire ni pour une cause. Ils luttent contre eux-mêmes pour se retrouver. Avec acharnement, mais vainement. Ils ont perdu cette bataille-là le jour où ils ont tiré sur un être humain pour la première fois et qu'ils ont aimé ça. Ils courent depuis à rebours du temps, découvrent la limite de leur toute-puissance : ils peuvent tuer, mais pas ressusciter leur virginité d'antan. Trop de rouge sur la toile immaculée de leur innocence d'avant. Elle a, depuis, été croquée en sanguine. La conscience ou la morale n'ont rien à y voir. Elles leur appartiennent et sont perverties. Ils tentent de rattraper une ligne de vie qui s'est brisée. Quelque part. Chaque cadavre sur leur route devient une borne pour une rédemption qui ne viendra jamais, qui s'éloigne. Mais ils s'obstinent.

Un mini-van est venu nous chercher à la nuit pâle. Il nous a conduits vers une crique. Le chauffeur nous a désigné une petite foule sur la droite. Nous devons attendre là.

Une étroite langue de sable, cernée par des rochers noirâtres, lèche une mer claire et bienveillante devant nous. La moiteur me fait suffoquer un peu. Je n'ai pas l'habitude de respirer de l'eau. Des Libyens s'activent autour d'un gros bateau pneumatique anthracite : deux gros boudins se rejoignant en fer à cheval, un moteur pesant sur l'arrière… Une baudruche pour l'enfer.

Sur la grève, alignés comme des pierres tombales, des gilets de sauvetage orange imposent leur couleur vive à un sol jaune gris. Quelques hommes en haillons aident les passeurs aux préparatifs. Ceux-là ont dû trouver un emploi pour payer le voyage. Le survêtement surveille tout cela d'une hauteur, pendu à son téléphone, chef d'orchestre d'une débandade humaine dépenaillée.

Nos futurs compagnons de voyage nous ont accueillis gentiment, signes de tête et bonjours échangés. Plus de passagers, selon eux, c'est statistiquement plus de chances de survivre. C'est l'autre qui mourra. Les hommes paraissent jeunes pour la plupart. Je ne repère que deux têtes aux cheveux blancs. L'un d'entre eux tient à la main un petit livre écorné aux pages épaissies d'humidité qu'il regarde méticuleusement avant de jeter des mots au ciel. Religieusement. J'observe. Ce n'est pas un Coran, seulement un petit précis de vocabulaire italien. Il psalmodie des phrases apprises par cœur. Un studieux. Je ne suis pas la seule enfant. Un gamin s'impatiente et tente d'attirer l'attention de sa mère en lui agrippant le bras, puis en effectuant une ronde agaçante autour de ses jambes. Tous ont le regard un peu perdu, à la recherche de courage pour affronter ce qui nous attend. Les nouveaux venus, notre trio, pourront peut-être les rassurer... Maman n'est que détermination. Pas Assim. Il ne peut détacher ses yeux de la mer, tremble de tous ses membres et réajuste constamment sa besace sur son épaule.

Une grosse perle salée coule sur une joue dérangée de tics de détresse. Il arrive à articuler. «Je ne pourrai pas.» Il le répète à l'infini en broyant ses mots entre ses dents et les phalanges de ma mère dans sa main agile et nerveuse de mécano.

Elle l'emmène un peu à l'écart et le prend dans ses bras. Il est secoué de sanglots. Elle le force à s'asseoir, à la regarder. Décents et respectueux, nos futurs compagnons de voyage font semblant de se désintéresser de la scène, dos tournés. Elle essuie ses larmes avec ses paumes. Je m'attends à ce qu'elle s'échine à le convaincre de partir avec nous. Mais elle lui explique de sa voix maternelle qu'il peut renoncer, que jamais elle ne lui en voudra, qu'elle comprendra évidemment. Qu'il en a déjà beaucoup trop fait. Que si je n'étais pas là, elle n'irait pas plus loin non plus. Il se calme doucement, le corps encore traversé de soupirs profonds. Il bave, plus qu'il ne parle dans le creux de la poitrine de son amie.

Et l'argent ? Personne ne la remboursera et surtout pas le sinistre personnage perché là-haut. Et la petite ? Comment fera-t-elle seule avec elle ? Et si elle a besoin de protection ? Il ne sera plus là. D'ailleurs, il va lui donner le pistolet qu'il a caché après la tempête de sable…

Il se tait et ouvre ses grands yeux, autorise maman à pénétrer au fin fond de son âme, de sa terreur et de ses doutes. Elle y plonge sans la moindre hésitation, le regarde avec un mélange de tristesse en abyme et d'amour vierge d'envie. Il a pris sa décision. Certainement pas aujourd'hui. Il ne savait tout simplement ni quand la lui révéler ni comment la lui annoncer. Doucement, elle lui demande depuis quand il sait qu'il ne viendra pas.

Il rougit, se torture les mains et avoue : juste après son passage à tabac. Il s'est vu gisant par terre, le visage en sang, sur le bitume noir et pluvieux d'une grande ville occidentale. Seul. Cette image le hante depuis. Sur le moment, là-bas, au camp, il a cru mourir. Il s'est alors désespérément accroché à la terre, a essayé d'agripper le sol, de le griffer suffisamment pour en garder sous ses ongles et l'emmener dans l'au-delà. Il a compris alors. Sa terre. Son désert. Son sable. Sa vie.

Il peut quitter le Soudan. Pas de souci. Mais, dit-il en haussant les épaules, il est un « caillou des dunes ». De ceux qui ne les quittent jamais, roulent parfois au vent, mais pour se réfugier juste un peu plus loin. Par ailleurs, enchaîne-t-il, notre aventure lui a appris qu'il pouvait travailler à peu près n'importe où dans ces contrées. À peu de frais et efficacement. Il se déplacera le long de la côte vers l'Égypte, peut-être jusqu'à Alexandrie. C'est une grande ville, non ? Il y aura forcément des moteurs à réparer, des voitures à rafistoler... Et il y aura le Nil qui charriera des felouques de souvenirs jusqu'à lui et les relâchera dans la mer. Il aime l'idée...

Moi, pas. J'ai mille ans. Je sais que les rêves des hommes sont bâtis sur des échafaudages précaires montés sur un sol mouvant et sablonneux de désirs impossibles. Tôt ou tard, l'édifice cède. Et ils finissent par s'y empaler.

Maman le rassure et lui promet qu'elle est certaine qu'il aura son propre garage en Égypte ou ailleurs. Il a toujours été plus à l'aise avec ses damnées machines qu'avec les humains. Qu'il fasse savoir où il posera sa besace et ses clefs à douilles. Elle saura lui dire où elle se trouve. Les nouvelles glissent sur le Sahara plus vite que le vent sur le fleuve.

Un grand dadais, à peine sorti de l'adolescence, la voix encore fragile handicapée de plus par un accent étrange et rugueux, vient nous interrompre et nous demande de nous mettre en cercle autour de lui. Il veut savoir si un « passager » a déjà piloté des bateaux. N'importe lesquels : pêche, barcasse, loisir même, qui sait... Un Égyptien lève le bras, explique qu'il a grandi à Marsa Matruh. Il pointe dans la direction de la ville côtière, à quelques centaines de kilomètres de là. Il a longtemps rangé les bateaux à quai dans sa petite marina touristique. Il n'a jamais pris la mer, prévient-il avec une confondante honnêteté.

— Mais tu sais comment faire virer un bateau et faire marcher un moteur ? Ça, tu sais ? questionne l'échalas.

Il répond par l'affirmative, visiblement peu sûr de lui, il voudrait ajouter quelque chose, mais se retient. Peut-il lire une carte ? lui demande-t-on. Il baisse la tête. Non. Clairement, non.

La question est reposée à l'encan. Un autre homme, un Soudanais, explique qu'il sait lire les cartes. Il a travaillé pour la Marine de son pays.

— Donc tu peux aussi piloter ? se réjouit le grand, plein d'espoir.

— Non.

— Mais tu es marin ?

— Non, j'ai travaillé au ministère de la Marine. Il y avait des cartes, j'ai appris à les lire, mais je n'ai pas bougé de Khartoum pendant les trois ans où j'y ai travaillé.

— Bien, reprend notre organisateur qui fait mine de ne pas avoir l'air trop dépité, nous avons donc un pilote et un navigateur. Ça va aller…

Il étale sous les yeux de mon compatriote une photocopie en noir et blanc. Il sort un feutre bleu de sa poche et trace une ligne, d'abord plein nord, puis à l'est et encore vers le nord. Il trace une croix sur une toute petite crotte de gerboise perdue au milieu de nulle part.

— Simple ! conclut-il.

Un murmure parmi les candidats à la traversée ne lui apporte pas la réponse attendue. Il tente de nous rassurer, se retourne vers la mer et joue le sémaphore, le bras tendu.

— Mais si : là-bas c'est la Grèce, avec une île, la Crète, en premier. Par là, c'est l'Italie. Et il vaut mieux arriver à Lampedusa, nous avons des gens sur place. C'est juste un peu plus par ici…

Il nous regarde, comprend l'ampleur de sa tâche. Et reprend :

— Vous vous éloignez, puis vous longez la côte pour toujours l'avoir sur votre gauche. Facile. Vous pourrez reconnaître Tripoli de loin. Elle se repère facilement, c'est une très grande ville, beaucoup de lumières. Quand vous l'apercevrez, vous la laissez passer, toujours sur votre gauche, puis vous tournez à angle droit sur votre droite. Vous trouverez !

J'ai le tournis et l'absolue certitude que nous allons embarquer pour une destination inconnue qui risque fort de n'être ni la Grèce ni l'Italie. Maman soupire et se penche sur la carte. Elle n'y connaît rien, mais sait se repérer au soleil. J'espère qu'elle saura s'orienter.

Assim tire ma mère par la manche et la supplie de renoncer à son tour, d'attendre au moins que le hasard mette sur sa route un pilote compétent, n'importe qui, mais pas ce type... Elle le rassure. Elle a compris, elle, à peu près comment arriver. Au moins en Italie, peu importe les îles, peu importe où. L'important est de toucher terre en Europe. Le reste n'a pour l'instant aucun intérêt. Quant à notre « skipper », il saura bien se débrouiller. Ça n'a pas l'air si compliqué. Moins que de conduire la bécane bringuebalante de son ami entre Karkar et le fleuve...

Ils rient, redeviennent sérieux et s'étreignent. Sans un mot. Il se penche sur moi. Je sens qu'il veut me dire quelque chose d'important, mais rien ne lui paraît convenir. Il finit par trouver :

— Prends soin de ta maman, *hayete*[1]…

Il passe une main sur mes cheveux. Je respire à pleins poumons, une dernière fois, l'odeur d'huile de moteur et de sueur de mon deuxième papa.

J'ai mille ans et je ne sais pas combien de papas on est censé avoir dans la vie. Je viens de naître et j'en ai déjà perdu deux. Ça, je sais.

Il désigne à maman un rocher plus élevé que les autres à quelques centaines de mètres. Il sera là. Il montre sa poitrine. Il sera toujours là de toute façon. Il s'éloigne, le cœur en miettes de plomb.

Le pneumatique approche, conduit de main de maître par notre post-adolescent cartographe. Je me mets à prier pour qu'il se décide à venir avec nous. Le moteur crache une fumée bleu sombre de mauvais aloi. On nous demande d'enfiler les gilets de sauvetage. Maman s'exécute. Une odeur de sel rance et d'algues pourries vient gâcher le miel de sa peau. Elle tente d'en refermer les sangles. Impossible, leurs coutures ont été déchirées. Seul pendouille un petit sifflet qui a miraculeusement survécu à l'usure de l'ensemble. Elle se garde bien de le mettre à la bouche. J'essaie, mais elle m'en empêche. Je me contente d'en faire un hochet.

Ma mère me tient en hauteur pour grimper à bord. Elle a de l'eau jusqu'aux genoux. Un homme glisse et s'étale dans la mer avec force éclaboussures. Il se redresse avec la tête d'un oisillon tombé du nid. Nous rions gentiment. Nous nous installons. Elle me tient fort contre elle, cale son barda derrière son dos, contre le

1. « Ma vie », en arabe, mot d'amour.

boudin, fait un signe à nos voisins qui s'entassent avec nous. L'intimité n'est pas incluse dans le forfait. La promiscuité, si. Chacun fait de son mieux pour ne pas trop gêner les autres mais essaie de trouver son propre espace vital. Notre pilote d'occasion monte en dernier, regarde d'un air un peu ahuri le moteur. Il secoue la nourrice pour vérifier qu'elle est pleine, ouvre le bouchon du réservoir, approuve. Il prend de l'assurance avec ce petit rituel. Puis est très fier de réussir à abaisser la barre. Il allume le moteur. L'odeur de gasoil me fait tousser. Le Soudanais a la carte sur les genoux, il tire légèrement la langue. Concentré. Il fait un geste pour montrer une direction que tout le monde connaît. Pas grave. Il prend son rôle au sérieux. C'est bien. Nous dérapons un peu, manquons d'accrocher les rochers à côté, et la première vague arrose ceux qui sont devants. Ils sourient.

Le goût de la liberté a souvent celui du sel. Ils se lèchent les lèvres et en profitent. J'ai mille ans. Je sais que rien ne pousse sur du sel. Seule la désolation y prospère.

Une silhouette, à contre-jour, hurle comme si le vent naissait de son propre ventre, l'emplissait, le dévastait et saignait à flots lourds en s'échappant. Un cri comme une plainte animale, originelle ; le corps déchiré en deux, le cœur en ouragan, l'âme en perdition : « Je t'aime ! »

Ses bras sont tendus vers le ciel, ouverts comme pour le prendre à témoin, le saisir à pleines mains ou s'offrir en sacrifice. Maman pleure.

Je t'aime aussi, Assim.

Le sparadrap

Nous nous éloignons de la côte en bringuebalant. Le soleil, encore bas, nous épargne un peu. L'air, moins moite, porte en lui une fraîcheur bienvenue. Il a gommé les odeurs de vasière pour s'apurer. L'iode a pris le dessus. La mer décide de ne pas nous bousculer trop fort. Nous glissons avec quelques heurts sur des vaguelettes compréhensives. Le moteur tousse régulièrement comme s'il avait un chat dans la gorge, mais nous avançons. Discipliné, notre pilote suit une route plein nord, face à la légère houle. Derrière nous, la terre devient barre difforme, puis simple trait. Nous nous retournons tous. Un soupir s'échappe comme si nous nous évadions d'une geôle, assez sûrement pour nous permettre d'être soulagés d'en voir les murs au loin. Je ne suis pas certaine de m'échapper. Cette étendue bleue aux boucles blanches me paraît être tout à fait capable de m'emprisonner, elle aussi. La pire des cellules ne s'embarrasse pas de gardien.

Le petit garçon, sept ou huit ans, vient me voir, intrigué. Il sourit de toutes ses dents. Il tente de me toucher, doucement rabroué par maman qui lui demande son nom.

— Janaidu.

Il se redresse, les mains sur les hanches :

— Ça veut dire le guerrier…

Sa mère arrive à déplacer la moitié d'une rangée pour s'asseoir à côté de la mienne. Elle s'excuse pour son fils puis se présente, Nadjahatu. Elle est née dans le triangle des désespoirs, un marais partagé sur les trois frontières, du Niger, du Nigeria et du Tchad. Sa belle figure ronde, très noire, ouverte et sympathique trône sur un corps charpenté, épais. Son cou généreux porte un joli collier aux motifs en spirale. Son boubou coloré, un fichu dans les cheveux et une poitrine nourricière achèvent d'en faire une dame sympathique à mes yeux. Elle parle arabe en cherchant ses mots avec un accent presque aussi enveloppé qu'elle, l'un de ceux qui, né entre forêt et désert, hésitent à frotter ou à caresser.

Une nouvelle amie pour ma maman. Elle en a besoin. Je sais, à la façon qu'elle a de rectifier mes langes toutes les minutes, qu'elle se sent seule et absolument perdue. Un peu de compagnie ne lui fera pas de mal. Et elle n'a pas à trop se livrer : Nadjahatu entretient la conversation toute seule, volubile comme si elle n'avait pas parlé depuis trois mois.

Ma mère navigue au loin. Ses yeux frôlent l'horizon et s'échinent à apercevoir une irrégularité, un défaut… Un amer sur lequel se reposer. S'échouer peut-être, mais s'échouer, c'est arriver quelque part. Atteindre le tangible, quitter le liquide. Elle est fatiguée et s'évertue à trouver des réponses sur une étendue bleue qu'elle découvre. Je la soupçonne d'y chercher des dunes, des acacias, des chèvres… L'immobilité, la promiscuité la contraignant à se replier sur elle-même, à se souvenir. Je vois nos amis, Assim et Soraya, la hanter en ombres sur le front. Elle déglutit trop souvent, le passé en acide la brûle sans répit. La voix de Nadjahatu ne lui parvient qu'après ses fantômes, ses soucis, le vent et le clapotis. Son fils joue désormais à taper sur le boudin du bateau. Son élasticité l'amuse au-delà du raisonnable. Ses petits poings s'enfoncent et sont rejetés en l'air. Son jeu le transforme en pantin désarticulé, les bras en ailes de moulins, le corps à la renverse. Il me fait rire. Maman se reprend et observe la routine : Janaidu appuie, tient bon deux secondes et laisse la pression le basculer en arrière, je m'esclaffe. Il me regarde, rit à gorge déployée et recommence. Je pouffe encore. Elle sourit à son tour.

J'enfonce soudain ma petite tête dans mes épaules comme pour couvrir mes oreilles. Un bruit me taraude les tympans. Il s'insère par l'ouïe et rebondit sur tous les sens jusqu'à compresser ma poitrine. Un souffle de vent pincé à l'extrême gémit, grince et essaie de s'échapper. Il m'appelle à l'aide. Ou m'avertit. Je m'agite, je pleure.

Les passagers, jusque-là attendris par mon manège, me jaugent, étonnés de me voir balancer entre hilarité et pleurs. Ils scrutent maman qui m'observe à son tour, tente de comprendre… Elle pose une main peu amène sur la bouche de Nadjahatu et demande à son bambin de ne plus bouger. Son autorité naturelle déborde sur le reste de l'équipage. Tous se taisent, à l'affût. Même notre pilote met le moteur au ralenti pour que l'on puisse se concentrer.

Un homme parle très vite et s'affole. Il se lève et arpente notre embarcation. Son sweat bleu balance sans cesse sa capuche sur sa tête. Il la replace sur ses épaules d'un geste agacé. Il bouscule notre imposante et bavarde voisine et colle son oreille sur le boudin. Et poursuit son manège erratique tout le long. Il se déplace, excité, sans jamais cesser de crier dans une langue que je ne comprends pas.

Les autres s'agitent aussi et passent leurs mains, frénétiques, sur le caoutchouc. Notre arche pour peuples errants piaille d'une dizaine de langages et d'une bonne centaine d'appels à Dieu. Ils paniquent.

Le sweat trouve ce qu'il cherchait. Il ajuste deux doigts sur la surface grise, plisse le front d'une façon comique et lève un bras. Il demande le silence. Puis relève la main. Un sifflement. Très fort. Je croyais que mes gencives ou mes oreilles me jouaient un tour, je me lamentais en fait du chant pincé d'une mort sifflotante et stridente. J'essaye de donner tout l'air de mon étroite poitrine à l'embarcation. Je crie. Janaidu aussi. Nous voilà deux à hurler. Les yeux de l'homme se posent sur lui, accusateurs. Il prend le ciel à témoin. Encore.

J'ai mille ans. Je sais. Quand un drame arrive, les humains se raccrochent à Dieu et se détournent de leurs congénères jusqu'à les offrir en offrande sur l'autel de leurs peurs. Puisqu'Il ne saurait être lynché, n'importe lequel de Ses enfants deviendra agneau. Le plus innocent et inoffensif possible. Sinon, tant pis : le plus différent fera l'affaire. Nous sommes tous des fils d'Abraham : destinés au sacrifice.

Le môme agité est la cause de cette catastrophe, éructe-t-il. C'est évident. Son jeu agaçant a fatigué le bateau qui a décidé d'y mettre un terme en cédant son air. Nous allons couler à cause de lui. L'homme prend l'audience à témoin et le désigne de ses deux mains tendues, bouche déformée de colère et d'ignominie. Ses mots chevauchent son indignation et se perdent en magma acerbe. J'en prends aussi ma part et les deux mères ne sont pas épargnées : quelle idée de trimbaler des bébés ici ? Des bouches à nourrir et à entendre crier toute la journée… Une plaie. Personne n'a besoin de ces trucs-là dans ce type d'aventure… Il nous observe désormais étrangement, comme pour soupeser la pertinence de nous balancer à la mer, le petit garçon, moi et surtout sa peur de mourir. Il jette un coup d'œil alentour pour trouver un soutien. Les passagers l'ont écouté. Certains affichent une moue compréhensive.

Maman le regarde, apitoyée, et détache bien ses mots en s'adressant à Nadjahatu :

— Celui-là doit être impuissant ou mal équipé. Ou stupide comme un âne castré… Je dirais un peu de tout ça. Certainement.

Sa voisine éclate de rire. Quelques sourires de connivence apparaissent sur les visages. L'excité à capuche a perdu la partie et la face, mais il serre les poings, sa colère le remplit littéralement d'un souffle mauvais, soufré, jusqu'au blanc de ses yeux qui rougit. Il ouvre et ferme la bouche sans que rien parvienne à en sortir. Sa pomme d'Adam tressaute violemment.

— Il va nous vomir dessus, enchaîne Nadjahatu, clinique, définitive et ouvertement dégoûtée.

Un homme, syrien sans doute vu son type arabe, peau claire et visage envahi par le halo noir d'une barbe résiliente, plutôt costaud, manches de polo compressées sur ses biceps, se lève et se plante au milieu du bateau, l'air décidé. Il sort son couteau d'un étui à sa ceinture, lame d'acier un peu noircie et argentée sur le fil. J'étouffe sous l'étreinte de maman. Celui-là veut nous étriper. Non. Il tire la langue, retrousse ses babines et s'échine sur le manche de l'arme, le rogne comme un os de poulet. Un triste bout de sparadrap rose, à usage médical, est brandi triomphalement. Le boudin expire, mais ses passagers exultent. Chacun remercie Dieu et nous couve du regard.

J'ai mille ans. Je sais. Ils sont comme ça, les humains : versatiles, idiots et bigots dès que leurs terreurs prennent le dessus ou s'estompent. Que ce soit le meilleur ou le pire, l'Éternel gagne à tous les coups : c'est Lui qui rafle la mise.

Notre Levantin s'affaire. Il teste la colle de son scotch sur ses doigts. Cela semble bon. Il tente de le poser sur la fine déchirure. Il ne tient pas : la surface est mouillée d'eau de mer. Il l'essuie du bas de son vêtement, souffle pour la sécher, se retourne et fait signe : que l'on vienne l'aider, pour l'amour de Dieu. Son arabe chantant semble ne pas pouvoir se passer de petits noms d'oiseau à chaque fin de phrase. Il secoue l'apathie spectatrice des passagers. Tout le monde s'agite soudain. Chacun découvre qu'il a un peu de ruban adhésif sur lui. Un manche de casserole, un gilet de sauvetage et une branche de lunette sont amputés au profit de notre pansement pour pneumatique. La rustine multicolore semble faire son effet. Le Syrien vérifie. Le sweat aussi. Ils sont satisfaits.

L'incident paraît avoir tissé des liens entre nous. À l'exception du fâcheux à capuche qui boude dans son coin, les passagers commencent à se parler, à échanger leur histoire. Une trame sombre des plaies du monde comme si, de ce côté-ci de la Méditerranée, les limbes concassaient les corps et les âmes. Chacun mime ses aventures pour mieux se faire comprendre. Le doigt sur la détente et le tir en rafale prédominent. Les coups de couteau et de bâton suivent de près. Quelques borborygmes très parlants sonorisent ces scènes de cauchemar. Certains se dévêtent pour se montrer leurs cicatrices. L'un d'entre eux a le dos et les épaules en peau de léopard, constellé de brûlures de cigarettes. Un étrange concours triste se lance pour trouver l'impétrant, le gagnant de la marque de torture la plus hideuse. Un Érythréen l'emporte sans contestation, son torse est comme découpé par une ligne, rosâtre encore, qui zigzague de son aine jusqu'à son cou. Un coup de machette bien asséné, mal suturé. Il la recouvre soudain, rattrapé par la décence ou par une mémoire plus lucide ou plus douloureuse que celle des autres.

Mon ventre gargouille. Je lance sans le savoir le signal de la faim. Des pains pita sortent d'un peu partout. Une odeur de farine et d'oignons vient agréablement recouvrir celle des humains trop nombreux. Le scarifié, lui, exhibe fièrement un fil de pêche et un hameçon. Il les a volés à la pêcherie libyenne où les passeurs l'avaient fait travailler de force. Il se place à la poupe et le laisse défiler dans l'eau en prenant soin d'éviter l'hélice. Il a l'air de savoir ce qu'il fait. Il en tâte la résistance et tente d'appâter en le retenant en à-coups sur deux de ses doigts pliés. Chacun observe, admire et s'impatiente. Quelques-uns prodiguent des conseils plus ou moins avisés.

Nadjahatu calme les experts en élevant la voix. Elle leur demande comment, sur quel foyer, ils comptent cuire l'éventuelle prise qui remontera… Silence. L'Érythréen ne se retourne pas, trop occupé à pêcher, et lui répond que le poisson cru se mange très bien, que c'est excellent pour la santé. Il semble que l'ensemble de l'équipage ne juge pas ce type de plat très halal. Il hausse les épaules : il le dégustera comme ça, lui. Et se reconcentre sur sa ligne. Un jerrycan d'eau passe de bouche en bouche. Quelques regards inquisiteurs comptent le nombre de gorgées. La méfiance rôde à nouveau à bord, en vieille habituée.

La nuit avance en filtres successifs, comme une superposition lente de voilages opaques. La ligne de la côte s'estompe en gris sombre. Face à nous, le soleil orangé semble briller plus fort, plus flamboyant, et se retenir à une fine bande de nuages roses pour ne pas s'éteindre dans l'eau. Il cède sur un ultime trait vibrant presque vert sur l'horizon. Notre silence accompagne respectueusement sa mort éphémère. La brise caresse maintenant nos épaules d'un air frais de cimetière. Maman frissonne.

Le pilote nous alerte presque en chuchotant : le moteur chauffe beaucoup trop. Il ne peut même pas poser la main sur le capot. Deux autres testent et se brûlent. Il décrète qu'il faut le laisser refroidir. Il veut savoir s'il y a une ancre sur le bateau. Un bruit de chaîne, et un soupir de soulagement. Une petite dame très maigre, pieds nus, était assise dessus depuis le départ. Elle est ravie de s'en débarrasser. On lui explique qu'elle doit jeter tout cela par-dessus bord. La mer engloutit le présent lugubre comme un corps tombé à l'eau. Les fonds sont trop loin pour qu'elle les accroche, déclare, très docte, notre Soudanais navigateur. Mais le grappin et son poids devraient nous permettre de ne pas trop dériver.

Nous essayons de dormir. Épuisée, maman s'endort d'un sommeil au souffle court. Je ne bouge pas, les yeux grands ouverts. La lune, aux trois quarts pleine, projette un halo désagréable qui nous prive de l'intimité du noir. La mer ronronne ses vagues sans se soucier de ne rien y voir. Mais là-haut, les étoiles dansent pour moi. Elles tiennent la promesse de la belle endormie qui me tient dans ses bras.

Elles ont du mérite : notre embarcation bruisse et fait de son mieux pour satisfaire les besoins individuels d'une trentaine de personnes. Nous avons compris qu'il fallait dégager un passage vers la proue. Chacun son tour, profitant d'une obscurité relative, vient y faire ses besoins par-dessus bord. Les sons sont chassés depuis longtemps quand les odeurs nous accompagnent encore. Quelques-uns tentent bien de se pencher vers l'eau pour vomir, mais l'urgence prime sur la propreté. Un seau circule pour laver les salissures.

Nadjahatu ronfle comme le groupe électrogène de la Maison rose. Ce n'est pas la seule. Le costaud syrien est recroquevillé sur lui-même en position fœtale. L'Érythréen, pêcheur bredouille, affiche un rictus de sommeil qui dévoile des dents très blanches à intervalles réguliers, comme s'il voulait mordre ses pensées ou le poisson qu'il n'a jamais réussi à attraper. Celui qui nous accusait de tous les maux s'est couché le dos sur un boudin, les jambes à califourchon comme s'il chevauchait la bête. La plupart s'agitent et parlent en dormant. Je me fatigue à saisir quelques mots. Difficile. Et presque inutile.

J'ai mille ans. Je sais. Les visages des damnés de la vie, privés de parole par le sommeil et libérés de leurs expressions diurnes, s'affichent la nuit en cœur ouvert, âme à l'agonie. Leurs traits modelés par les blessures d'antan dessinent une toile de souffrances striée de tics de douleur. Dormir, c'est s'exposer. Aux prédateurs extérieurs, bien entendu, mais surtout à ses démons intérieurs. Le dormeur est assiégé sur tous les fronts. Nous embarquons l'enfer avec nous. Il relâche ses sbires à la première paupière fermée.

Je me cale contre la poitrine maternelle et j'essaie de ne plus penser, de devenir chose. Les monstres, les leurs et ceux qui doivent nous tourner autour sous la surface, ne s'intéressent pas aux choses. Je crois.

Je me réveille bien vite. Nous flottons différemment. Plus ballottés, moins bercés. L'air est devenu vent et le clapotis, vagues formées. La lune aussi a dû percevoir le changement, elle se voile de nuages plus sombres.

Je crie un bon coup. Très fort. J'ai réussi à sortir tout mon petit monde du sommeil. Les têtes chiffonnées observent le nez en truffe, le museau en l'air, le changement de temps. L'homme redevient animal en mer. Il écoute la nature œuvrer et touche du doigt sa propre inanité. Le bateau ne se laisse plus gentiment dériver.

Il trace son propre sillage sans que l'ancre y puisse rien. Nous la laissons en place. Elle nous ralentit, paraît-il.

Chacun tente de s'accrocher. La filière du bateau semble tenir. Nous nous y agrippons. Tous. Le pneumatique est secoué désormais. Des coups de butoir donnés sur notre flanc droit. Quelques légères éclaboussures viennent nous mouiller un peu, mais elles suffisent à déclencher la panique. On se bouscule, on essaie d'attraper ce qui paraît le plus lourd. L'un des passagers se tient, fort peu galamment, à la cheville de Nadjahatu qui le regarde comme s'il était fourmi et à un battement de cils de se faire écrabouiller. Il relâche. Le pilote se décide enfin à redémarrer le moteur. Il cafouille un peu, mais le lance à la troisième tentative. Il pointe l'avant vers les vagues. Nous sommes trempés maintenant. Il ralentit. L'engin cale sur la crête d'une lame. J'ai la sensation que le bateau se vautre à plat dans l'eau après un long plongeon au ralenti. J'ai l'estomac dans la glotte. La secousse soulève les petits objets, en balance certains par-dessus bord. Maman et Nadjahatu se tiennent l'une à l'autre et nous ont placés devant elles, elles encaissent les coups en essayant de les atténuer pour nous. Je regarde les flots. Ils ne sont même pas déchaînés. Le vent s'est simplement levé, accompagné par ses amies les crêtes. Je commence à me sentir rassurée : les mouvements sont plus réguliers. La météo a trouvé son rythme, l'embarcation louvoie avec elle. Quelques sourires réapparaissent. Les corps accompagnent le mouvement sans le subir. Les hommes apprennent à danser avec les vagues. L'hélice accepte de tourner à nouveau. Nous repartons.

Beaucoup trop vite. Brutalement. Un bruit de chute, des éclaboussures, puis comme une succion ignoble rapportée par la brise.

Le sweat agressif était resté à califourchon, amusé du rodéo maritime, sûr de lui, de son équilibre et de sa force. En sécurité, harnaché par son égotique assurance. Il est tombé à la mer.

Le bateau poursuit sa route. Nous essayons de faire demi-tour. Les vagues nous contraignent, prises de travers, elles soulèvent l'embarcation par le côté. Nous manquons de nous renverser. Le chaos n'aide pas. Certains veulent même se saisir de la barre. L'homme au loin hurle et se débat. Il ingurgite des litres salés. Il barbote un peu, mais il est trop faible. Ou il ne sait pas nager. Son gilet de sauvetage a glissé de son cou. Il flotte nonchalant et impudent à quelques mètres de lui, emporté par le courant. Il le voit, s'agite pour l'atteindre. Vainement, ses jambes ne veulent que marcher, refusent de nager. Nous parvenons à nous diriger vers lui. Trop tard.

La lumière de la lune nous permet de le voir ballotter d'abord. Il agite les mains en l'air, monte et descend. Il vomit de l'eau de mer, muet désormais. Les bras se balancent très haut. Ses mains, paumes tendues, repoussent le ciel sombre. Le fond l'attire. Les flots affamés l'avalent très vite.

Nous le cherchons encore. Rien. Il a été englouti. Personne ne pleure, mais tout le monde se tait. Chacun pense à sa propre petite personne et prend conscience du danger. Nous nous hasardons à une prière pour lui.

Il est expédié en trois *bismillah*[1].

J'ai mille ans. Je sais qu'ils sont comme ça, les humains : ils prient plus souvent et plus fort pour eux-mêmes que pour les autres, l'empathie bornée, emprisonnée et contrainte par leur petite personne.

Je me demande si les étoiles savent prier les unes pour les autres.

1. *Bismillah Ar-Rahmane Ar-Rahim* : «Au nom d'Allah le Tout Miséricordieux, le Très Miséricordieux», phrase répétée notamment durant la prière.

Le choléra

Mon premier matin à bord m'habille d'or. Le soleil frise les vagues et les saupoudre de paillettes. Même notre embarcation paraît plus chaleureusement orangée. Les yeux de maman s'illuminent en étincelles dorées, ils avalent la lumière. Reconnaissants. Le boubou de Nadjahatu, un peu défraîchi maintenant, s'invente des couleurs d'arc-en-ciel. Le vent a changé, il me paraît plus léger, nettoyé par la nuit.

Le moteur s'est reposé. Nous aussi. Un peu. Nous avons dérivé suffisamment pour ne plus voir la côte. Notre navigateur tend un bras décidé vers l'ouest, dos au levant.

Ma mère lève les yeux vers le ciel. Quelques oiseaux blancs au bec très jaune nous suivent d'en haut. Certains, plus téméraires, viennent planer à quelques mètres seulement de nos têtes. Elle me recouvre du bras chaque fois. Les faucons de la mer, eux aussi, doivent savoir repérer les proies les plus fragiles. Je les entends crier. Ils doivent se parler, se demander ce que nous faisons là, si nous avons à manger ou si nous sommes bons à manger… Je leur fais un signe en riant. Autant s'en faire des amis. Ils hésiteront peut-être à nous dévorer…

Un bruit vient courir sur l'eau et éteindre le brouhaha bon enfant du bord, un son énorme, un ronflement lent et régulier perturbé par un claquement sec, comme si une masse géante frappait sur une enclume ronronnant. Maman me balance d'un côté puis de l'autre pour apercevoir quelque chose. Elle est éblouie, puis une tache plus sombre vient éteindre et rallumer la lumière rasante. Une silhouette trapue apparaît devant nous. Elle grossit très vite, devient forme et bateau. Il est aussi gris que nos boudins. Beaucoup plus menaçant. Un gros tube lui pointe comme un nez de Pinocchio sur le devant. Des hommes lui courent sur le dos, tous en uniformes. Des chiffres de chaque côté de l'étrave lui dessinent comme des yeux en colère. Et la barbe blanche qu'il soulève vient irriter notre route maladroite.

Les vagues me dodelinent méchamment. Les passagers crient. L'un d'entre eux – il s'est levé pour mieux apercevoir la bête – manque de tomber par-dessus bord. Cette fois, son gilet de sauvetage l'a sauvé : c'est par là qu'on l'a rattrapé. L'Érythréen remonte à la hâte sa ligne qu'il n'a pas renoncé à mettre à l'eau pour son petit déjeuner.

Nous sommes maintenant à l'ombre du géant de fer. Une muraille lisse, humide, puant le gasoil, une gigantesque balafre de rouille à l'endroit d'où il jette son ancre. Tout en haut on nous parle avec un porte-voix. C'est de l'arabe dans un dialecte dur, rêche, comme frotté aux sables, déchiqueté par des récifs perdus en mer. Celui-là est un Libyen de la côte. Je ne l'aperçois qu'à contre-jour. Sa barbe noire arrive à filtrer un peu les rayons lumineux.

Les ordres tombent de là-haut : nous devons couper le moteur, attendre. Nous n'avons rien à faire dans ces eaux. On viendra nous chercher et nous emmener à terre où nous serons accueillis dans des centres. Il tente d'appâter le chaland : nous serons dûment enregistrés, recevrons de la nourriture, de quoi boire et un médecin viendra nous ausculter. Nous sommes priés d'attraper la corde qu'il va nous jeter. Et de tirer pour nous rapprocher de lui. Nous emprunterons l'échelle de coupée, là, sur le côté. Ses hommes déroulent en effet un assemblage de planches le long de leur bord. Il balance de gauche à droite.

Nadjahatu décrète immédiatement qu'elle ne grimpera jamais par là. Et donne le signal de la révolte.

Menaçant l'équilibre de notre bateau, les passagers hurlent dans une cacophonie d'invectives qu'ils ne repartiront pas en Libye, centre ou pas, qu'ils ont payé leur passage – y compris et surtout à des Libyens –, qu'ils ne seront plus esclaves de personne. Qu'ils ont parfois patienté deux années pour être ici. Qu'une autre vie les attend et que ce gros bateau leur en bloque le passage. Qu'ils veulent vivre libres dans un pays libre. Le Syrien y ajoute quelques insultes de son cru, à son habitude. Quelques-uns trouvent bon d'agiter des papiers qui prouvent qu'ils ont eu une autorisation pour partir.

J'ai mille ans. Je sais que la liberté, quand elle a été achetée ou arrachée dans le sang, ne se cède pas sans combat. C'est quand elle a été donnée qu'on la rend sans trop regimber.

Maman et Nadjahatu se taisent et se contentent d'écouter les hommes s'envoyer des bordées de jurons. Elles savent, elles, que les mots précèdent toujours la tempête. Qu'elles devront intervenir quand ils pèseront trop lourd pour être emportés par le vent et oubliés.

Le porte-voix barbu s'énerve lui aussi, nous voue aux gémonies et à tous les démons de la mer, nous menace. Il a des ordres et il les suivra. Et si nous continuons sur ce ton, il ne nous laissera pas le choix et viendra en personne nous arraisonner. D'ailleurs, non. Il n'arrêtera personne. Il va nous couler corps et biens. Moins de paperasse et moins d'ennuis. Nous l'aurons cherché. Il va nous écraser comme les vermines pouilleuses que nous sommes.

Le soleil frappe, plus intense. Il a dépassé les très nombreuses antennes du navire de guerre.

Notre embarcation n'est plus qu'indignation et révolte. Chacun tente de crier plus fort que le voisin. Des bribes d'histoires de coups, de torture, d'humiliation viennent renforcer ce chaos. L'Érythréen exhibe de nouveau sa cicatrice pour faire bonne mesure.

Je pleure pour participer, mais je remarque que notre pilote égyptien, sûrement accoutumé à se faufiler entre les griffes des autorités, tourne légèrement son poignet sur le manche. Discrètement, nous allons plus vite. Son compère soudanais a fait un mouvement de menton pour lui indiquer, selon lui, la bonne ligne d'évasion. Nous frôlons maintenant de très près la coque des Libyens qui fait dangereusement balancer notre embarcation. Ils doivent se pencher pour nous apercevoir.

Doucement nous dépassons l'imposant bateau. Courageusement, notre pauvre petit moteur persiste à crachoter notre fuite en avant.

Le barbu en gris court ridiculement le long de son bord pour suivre notre trajectoire, manque de se briser le dos en se pliant par-dessus son bastingage pour nous parler. Il hurle encore de nous arrêter. Il est prêt à nous tirer dessus. L'un de ses hommes appuie sa menace en armant une grosse mitrailleuse, comme s'il tournait la clenche des portes de l'enfer.

C'en est trop pour Nadjahatu qui souffle très fort. Elle parvient à se lever en posant sa main en appui sur l'épaule de ma mère. Elle force sa voix pour se faire entendre et répond tranquillement, sûre de son fait, apaisée, que, de toute façon, nous sommes déjà morts et que l'on n'arrivera pas à nous tuer plus d'une fois. Et ce n'est pas faute d'avoir essayé.

Elle calme tout un chacun. On s'assoit et on hoche la tête. Nous sommes tous d'accord : quitte à mourir, autant que ce soit là, maintenant et une bonne fois pour toutes, que cesse cette lente agonie humide et salée d'aujourd'hui, sèche et infertile d'hier.

Le gros bateau ne bouge pas ou hésite. Nous nous éloignons de lui de notre allure pataude et heurtée.

Le navire fait soudain rugir plus fort ses moteurs. Un gros remous nous balance d'un bord à l'autre. Il effectue un cercle rapide autour de nous. Les vagues de son sillage nous bousculent en se rencontrant. Le bleu-gris devient blanc. L'air est mousse de sel. La mer fait un bruit de tous les diables. Sans doute parce qu'elle les abrite. Tous.

Au beau milieu de ce maelström, nous embarquons beaucoup trop d'eau. L'Égyptien à la barre décide de jouer son va-tout et accélère franchement. Nous franchissons le barrage d'écume circulaire qui nous cernait. Cette fois, nous sommes trempés comme une soupe aux pois.

Nous laissons enfin les Libyens derrière nous. Nous forçons nos yeux à apercevoir notre interlocuteur, celui qui a bien failli nous couler.

L'homme là-haut a disparu. Il a renoncé ou a dû avoir faim. Il est allé manger quelque chose ou simplement demander des ordres. Il avait l'air fatigué. Il a fait son travail, nous a prévenus. Je l'imagine hausser les épaules, résigné, et nous souhaiter d'aller mourir ailleurs, loin de son sillage. Cette fois, dociles, nous lui obéissons.

L'émeute a épuisé tout le monde. L'un tente de reprendre son souffle quand l'autre se concentre sur ses pieds, bouche pâteuse, respiration hâtive et tremblements en reflux d'adrénaline.

Dans un bel ensemble, notre équipage pense à autre chose. L'incident est derrière nous. Nos pensées ont le cuir trop tanné pour s'appesantir sur ces marins assassins et leur gros bateau. Plus personne ne discute du porte-voix. L'immensité nous attend. L'eau de mer efface les souvenirs plus vite que le vent de terre. Elle les noie, les submerge sous les angoisses à venir.

La mine longue, l'on fouille dans son barda pour y trouver à manger. La récolte est famélique. Déjà. Maman en profite pour secouer le jerrycan d'eau. Lui non plus ne contient pas grand-chose. Il va falloir se rationner.

Elle obtient une confirmation muette de l'ensemble des passagers. Et un soupir collectif.

Le petit bout de femme maigrichonne qui s'était assise sur notre ancre n'en finit plus de vomir par-dessus bord. Elle s'affale enfin sur son coin de boudin, émaciée et la peau comme du cuir griffé. Ses voisins s'écartent. Elle se vide sur le pont du bateau. Maman et Nadjahatu se glissent à son chevet.

Ses pommettes et son front brûlant, sa respiration en sifflement les inquiètent. Elles essaient de la faire boire. L'un des passagers, lâchement dissimulé derrière une rangée de dos, râle un peu et demande à voix haute pourquoi gâcher le précieux liquide. La malade le rend immédiatement. Son ventre gronde et tempête dans un affreux gargouillis.

— Choléra, se contente de constater notre imposante amie.

Maman acquiesce. La tension et l'inquiétude nées de notre rencontre avec la marine libyenne ont dû briser le peu de barrages qui s'opposaient à la maladie. Murmures à bord. Tous comprennent de quoi il s'agit. Le choléra, le mal des pauvres, de la contamination de l'eau.

Boire, c'est vivre, encore, en risquant de mourir, toujours. Le paradoxe de la misère. Chacun ici l'a risqué. Certains l'ont vaincu. Beaucoup ont perdu des proches. Ils se reculent, comme si la bactérie allait les agresser. Ma mère tente de les rassurer : ce n'est pas contagieux. Ils le savent bien. Elle devait couver la maladie depuis un moment. Il ne faut pas s'inquiéter, simplement laver les immondices, la dame et nos mains, à l'eau de mer.

Si quelqu'un a un savon, c'est mieux… Une amande du précieux produit, petite comme mon poing, passe frénétiquement d'une main à l'autre, vite épuisée.

Un Tchadien, aisément reconnaissable à son accent, entame un long monologue sur un ton érudit et faussement conciliant. Il est conscient que la vie de cette femme est en jeu, mais soyons honnêtes, elle ne survivra pas ici. Si elle était à terre et chez elle, ce serait déjà compliqué. On peut continuer à lui donner de l'eau, elle persistera à la recracher. Et à entamer nos réserves. Quant aux déjections partout, c'est tout simplement mettre nos vies en danger, indépendamment de notre confort déjà réduit à son plus strict minimum. Notre trajet est périlleux, tout le monde l'a bien compris à bord, mais là, il devient impossible. Il faut prendre une décision… Il laisse sa phrase en suspens.

Maman se retourne, furieuse :

— Donc on la laisse mourir ou, pire, on la jette par-dessus bord, comme un vulgaire bout de viande avariée ? C'est ça que tu proposes ?

C'est en tout cas ce qui semble convenir à la majorité de nos voisins. Le Syrien secoue la tête et sans mot dire remplit un seau d'eau de mer et entreprend de nettoyer le fond du bateau. Le Tchadien renâcle encore, mais finit par se taire. Il croise ostensiblement les bras pour bien montrer qu'il ne bougera pas. Certains, très peu, aident pourtant et arrosent ce qu'ils peuvent pour que l'eau croupie soit évacuée. Le sentencieux décide de retenter sa chance. Il se relève. Nadjahatu lui ordonne de se rasseoir et décrète que, si cette malheureuse doit rejoindre le paradis, elle le fera avec eux, au milieu de ses compagnons d'infortune. Et puis, elle ne veut pas devenir meurtrière. Elle rappelle à tous que c'est sans doute pour fuir ce type d'engeance que nous nous retrouvons ici... Ils s'agitent désormais plus efficacement pour laver notre embarcation.

La malade psalmodie. Elle prie sur des lèvres desséchées et encombrées de ses relents incessants. Elle agrippe une fine croix en or, très ouvragée, sur sa poitrine. Puis elle délire, se met à crier dans une langue rapide aux voyelles avalées et contrariées. Maman regarde autour d'elle. Quelqu'un peut comprendre? Aider? Le pêcheur sourit tristement et s'approche, la voix douce :

— C'est du tigrinia. Elle est éthiopienne. Chrétienne du Tigré. C'est étonnant. Il n'y en plus beaucoup des chrétiens, là-bas. Elle prie le Seigneur de lui rendre son fils et son mari. Elle leur demande de venir la sauver. Si vous voulez mon avis, ils sont morts depuis longtemps... Elle va les rejoindre, c'est bien.

Elle se débat maintenant. Ses jambes s'agitent et ses talons raclent ses vomissures. Elle veut se retourner, agripper le boudin, s'enfuir... Elle ne hurle plus, mais pleure et parle en même temps. Le traducteur érythréen se racle la gorge, interroge maman du regard et, encouragé, poursuit sa traduction :

— C'est difficile à dire ici... Elle supplie pour qu'on ne l'attrape pas, pour qu'on ne la prenne pas.

Après un énième bruit de glotte, il finit par se décider à ne plus être sibyllin :

— En clair, sexuellement... pour qu'on ne la viole pas. Elle donne des prénoms... Elle revit quelque chose, là...

Le froncement de sourcils de ma mère suffit à le faire taire. Tout le monde a compris. Elle lui pose un linge mouillé d'eau de mer sur la tête et tente de la bercer en la saisissant par les épaules. Elle se calme, murmure et s'endort. Exténuée.

J'en profite moi aussi pour dormir un peu. Maman occupée, c'est Nadjahatu qui m'a recueillie sur sa large poitrine. Confortable. On pourrait en mettre quatre comme moi à cet endroit-là. Par réflexe sans doute, ma nourrice improvisée chante doucement en me berçant.

Janaidu me réveille. Jaloux de la voir prendre soin d'une autre enfant, il la tire par le bras et lui inflige une rafale de questions. Nous sommes bientôt arrivés ? Et on va faire quoi là-bas ? Et l'oncle Abdu, il est gentil ?...

Sa maman ment effrontément. Elle lui détaille tout le confort qu'il aura en Angleterre avec son oncle et ses cousins : une télévision, internet, un téléphone, sa propre chambre, un vrai lit. Il jouera au foot avec les autres enfants, écoutera de la musique... Il pourra aller à l'école et apprendre un bon travail. Peut-être dans le bâtiment, comme son père, il construira des maisons pour les gens du coin, ou – à la grâce de Dieu – il deviendra médecin peut-être... Ou banquier, qui sait... ? Ils pourront manger ce qu'ils veulent tous les jours, beaucoup de frites et du Coca-Cola, et s'habiller chaudement parce que là-bas, précise-t-elle, il fait très froid l'hiver et il pleut beaucoup. Comme à la saison des pluies, mais toute l'année. C'est vert partout. Le gamin la regarde comme une déesse, la tête sur l'Olympe, les pieds dans l'eau sale et marronnasse. Je m'agite. Ce n'est pas bien de mentir à un enfant et ce pli, là, au coin de sa bouche, je le connais. C'est le même qui s'est dessiné tout à l'heure quand elle a passé une main sur le front de la souffrante et lui a affirmé que tout irait bien...

J'ai mille ans. Je sais. Les mamans mentent pour faire plaisir à leur progéniture, mais finissent par y croire pour se faire plaisir à elles-mêmes.

Ma mère interrompt la litanie des trésors et des merveilles britanniques à venir pour Janaidu. La malade ouvre les yeux. Elle demande très gentiment à maman ce qu'elle fait là. Elle sourit puis grimace, son visage s'étire comme écartelé par une force surhumaine. Un râle. Un peu de sang. Elle s'éteint.

On l'enveloppe dans ses propres habits. Un curieux veut fouiller dans son barda. Maman l'arrête net et récupère le petit sac d'un geste rageur. Elle s'enquiert à l'encan si quelqu'un pourrait dire une prière. Chrétienne ou pas. Peu importe. Son dieu ou le nôtre ne s'en offusqueront pas. Et pour autant qu'elle se souvienne, c'est le même. Le Syrien explique qu'il connaît par cœur une partie de la sourate Maryam[1], ses copains chrétiens la lui récitaient pour le faire enrager quand il était petit. Mais il l'a prise en affection depuis. Elle fera l'affaire.

Alors que tous ou presque retournent les paumes vers le ciel, en bons musulmans, il joint les mains et entame sa prière. Il conclut en répétant un verset qui lui paraît convenir en la circonstance :

— *Et que la paix soit sur moi le jour où je naquis, le jour où je mourrai, et le jour où je serai ressuscité vivant.*

---

1. « Maryam » : Marie. Sourate du Coran qui relate la naissance de Jésus (Issa) et donc l'Immaculée Conception.

J'ai mille ans. Je sais que les croyants prient au fond pour ne pas mourir. Pas entièrement. Pas complètement. Pour vivre encore, d'une autre manière. Leurs corps incapables, ce sont leurs âmes qu'ils tendent en mendiant pour persister, malgré tout... Comment Dieu pourrait-il répondre à une exigence si humaine, trop humaine ?

Je regarde autour de moi les visages concentrés, repliés sur leur propre survie. La prière les a rassérénés. C'est déjà ça.

Le corps est glissé dans l'eau, délicatement. En offrande. Il flotte de longues minutes accueilli par les vagues. Ses bras, qui avaient été repliés sur sa poitrine, se détendent. Elle semble nager sur le dos, évanescente dans ses châles en suaire qui s'étalent sur la surface. Notre pilote accélère. S'éloigner d'un mort, c'est tenir la mort elle-même à distance. Au moins pour un moment.

Maman et Nadjahatu ont repris leurs places habituelles. Ma mère fouille dans les affaires de celle qui vient d'être immergée. Rien de spécial, si ce n'est un penchant pour la coquetterie : un peigne à cheveux, en bois, un petit nécessaire à maquillage et une boîte de cotons... Elle jette le tout à la mer en se touchant le front, la bouche et le cœur. Ça emmène le mauvais œil de garder les affaires d'un disparu, explique-t-elle à son amie qui confirme en caressant la tête de son fils, comme pour éloigner derechef le mauvais sort.

Chacun, perdu dans ses pensées, se laisse porté par le rythme de notre pneumatique et les toussotements du moteur. Lequel semble décidément capricieux. Il cale de plus en plus souvent. Et redémarre avec une mauvaise volonté évidente.

L'Égyptien connaît la manœuvre désormais. Nous aussi. Il le laisse refroidir chaque fois, passe un peu d'eau de mer sur le capot pour le refroidir, pompe un peu d'essence à la nourrice et le supplie de se remettre en marche.

Peine perdue, cette fois. L'engin ne veut rien entendre. Même un grand coup de poing d'agacement ne le décide pas à remplir son office. Le Soudanais vient aider et les deux hommes triturent l'intérieur en expliquant doctement qu'ils ne savent absolument pas ce qu'ils sont en train de fabriquer. Assim nous manque plus que jamais. Ils s'affairent. Un cliquetis. Un raclement. Un petit échappement. Ils ont réussi. Nous repartons. Deux minutes. Le moteur exhale une grosse fumée noire qui sent l'huile.

Nous étions perdus.

Nous sommes en perdition.

La gourde

Le moteur a besoin de souffler plus longtemps encore. Nous lui accordons le droit de le faire, très inquiets. Capot ouvert, il respire sans être mis à contribution. L'odeur de friture au fuel s'évapore tranquillement. L'un d'entre nous demande au navigateur soudanais s'il sait où nous nous trouvons. L'homme se gratte un crâne qui a tendance à se dégarnir et avoue qu'il n'a aucune certitude. Il s'installe au milieu du bateau et étale au vu et au su de tous sa carte, passablement gâchée par l'eau. La Sicile étale son encre noyée jusqu'à Malte. Le bassin méditerranéen tient plus du Pollock que de la cartographie. Il parvient cependant à nous montrer notre point de départ :

— Là, Derna. Nous sommes partis d'ici. Bien. Nous avons fait route vers le nord, peut-être un peu trop longtemps. Puis nous avons tourné vers l'ouest. Sachant que les Libyens n'ont dû intervenir que dans leurs eaux, on doit encore être au large de la Libye. Donc, quelque part par là…

Il trace un cercle hésitant dans le grand vide entre les côtes de la Tripolitaine et de la Tunisie. L'Italie paraît à la fois proche et lointaine. La croix sur notre supposée île d'arrivée s'est certes rapprochée, mais semble inatteignable. On lui fait remarquer que nous aurions dû voir, comme l'homme nous l'avait expliqué sur la grève, les lumières de Tripoli si ses calculs étaient exacts. Tout le monde se tord le cou dans tous les sens pour apercevoir un halo de lumière, quelque part, qui annoncerait la terre. Rien. Même les oiseaux ont décidé que nous n'avions aucun intérêt. Seuls quelques nuages condescendent à paresser au-dessus de nous. La mer plate, à peine ridée, ajoute encore à la désolation.

Il martyrise à nouveau son cuir chevelu et confesse que les dérives dues à notre propulsion récalcitrante compliquent un peu tout.

La nuit arrive à son habitude en panthère noire avec ses pattes de velours. Discrète et implacable. Nous jetons le grappin et sa chaîne dans l'eau avec une pensée pour celle qui nous a quittés et qui occupait cette place inconfortable.

En se calant pour la nuit, maman me met sur le dos et m'offre le ciel étoilé. Ils dorment, presque tous. Chacun, solidement ancré à ses cauchemars.

Ma mère a dû sentir que je ne trouvais pas le sommeil. Elle a besoin de parler sans être écoutée, de lâcher prise sans être jugée. Elle me susurre des bêtises à l'oreille :

— Tu vois cette étoile, là. Je suis sûre qu'Assim la regarde en ce moment. Tu as vu comme elle brille ? C'est un miroir de ses pensées, elle nous les renvoie. Il nous embrasse fort. Et celle qui scintille là-bas, c'est Soraya qui s'inquiète pour nous. Alors elle nous fait coucou, c'est pour ça qu'elle clignote un peu. Quand tu seras plus grande et que je ne serai plus là, il faudra que tu te forces à croire que je brillerai encore pour toi, de là-haut. Je t'aime...

Elle pleure, abritée par l'obscurité, terrorisée et lovée dans son amour pour moi. Je babille pour lui montrer que j'ai compris. Pour la rassurer. Elle finit par s'endormir. Je fais coucou aussi à Soraya. Il ne faut pas qu'elle se fasse de souci pour nous. J'ai mille ans. Je m'occupe de tout. Juste après un petit somme.

Je me réveille, un peu ballonnée. Mal à l'aise. Le clapotis de la mer s'est invité sous nos pieds. Je sens bien que le bateau penche étrangement. L'arrière et l'avant veulent de se rejoindre. Je suis au milieu. Je crie fort. Inutile, chacun ici a bien remarqué qu'il avait les jambes dans l'eau. Les boudins ont dû se dégonfler. La mer passe par-dessus leur pliure. Chaque vaguelette entre pour ne plus sortir. La panique et les tentatives désespérées pour échapper à l'eau font trembler de rage le bateau. Et aggravent la situation.

Nous tentons d'abord de nous répartir loin du défaut des flotteurs. Certains devant, les autres derrière. L'embarcation tangue encore plus. Il faut évacuer l'eau. Le seau est exhibé fièrement par notre ami syrien qui écope de ses bras puissants. J'ai le sentiment qu'il se sert d'une cuillère à thé pour vider une barrique. Tous les récipients à bord sont réquisitionnés. Les thermos, les mugs, les bouteilles en plastique et même les casquettes sont mis à contribution. Janaidu veut aider. Il a saisi un petit panier plat en osier et se met au travail. Son outil n'est pas très efficace, il ne recrache que quelques gouttes par-dessus bord. Ses petits bras peinent à passer l'obstacle de la hauteur du caoutchouc, et trempent le boubou de sa mère. Mais il y met toute sa volonté, un peu sérieux, très joueur. Nadjahatu, pleurant de fierté, chante doucement pour lui donner du courage, puis plus fort pour tous ceux qui s'échinent à rendre à la Méditerranée ce qui lui appartient. Les bras écopent au rythme de sa mélopée. Ce n'est pas parfait. La toile semble s'étirer à sa jonction avec les boudins, mais enfin nos chevilles sont au sec. Ou presque. Nous n'osons plus bouger. Le barreur décide de retenter sa chance avec le moteur. Il démarre. Nous retenons notre souffle pour que ce ne soit pas un feu de paille. Il semble tenir bon. Ceux qui sont à la proue appuient fort sur les flotteurs, s'avachissent, pour contraindre l'embarcation à rester à plat. Le Levantin continue d'écoper. Il chantonne à son tour, se retourne, regarde Janaidu et fait semblant de lui jeter le contenu du seau sur la tête. Le gamin s'esclaffe. Sa mère sourit et reprend son chant. Sans le retenir, il rebondit sur les vagues et règle, en métronome, leur tempo et leur roulement.

La paix s'invite étrangement dans notre guerre. J'ai mille ans. Je sais qu'elle n'est que de passage, une invitée vagabonde et fugace à la table de tueurs en série. À la place du pauvre. Ce n'est pas une raison pour ne pas la saluer d'un soupir sans illusion et de quelques vocalises. Nous vivons encore. Nous survivons toujours.

Nous progressons doucement de peur de nous noyer pour de bon de l'intérieur. Le soleil grimpe sur son échelle de feu. Le vent manque. L'air redevient moite, humide. Nous respirons à travers un linge mouillé de vapeurs de sel. La soif vient en soutien de la chaleur. Le jerrycan passe de main en main, dangereusement léger. Précautionneusement, chacun boit trois gorgées. Cela devrait suffire pour l'instant.

Un homme, noir, petit et râblais, vêtu d'un simple short de football, trois bandes blanches sur le côté, et d'un tee-shirt, interpelle un grand mince aux traits fins. Celui-là porte depuis le départ un fin blouson de cuir marron sur un débardeur déchiré. Je l'avais repéré déjà en me demandant comment il pouvait le supporter avec la chaleur. Le court sur pattes l'accuse en français, puis en anglais, d'avoir caché de l'eau pour lui tout seul. L'autre lui répond avec quelques mots d'une langue de Shakespeare qui aurait été hâtivement pilée au mortier avec un arabe de la corne de l'Afrique et un soupçon d'italien. Malgré cette bouillie peu digeste, les deux hommes semblent très bien se comprendre.

— Congo et Somalie, traduit Nadjahatu, habituée par sa longue présence dans les camps de transit à repérer la nationalité de chacun.

La fine tige se retourne et plaque une besace contre elle. Il bafouille un peu, mais clairement traite son interlocuteur de menteur. Le Congolais enjambe la moitié du bateau, manque de tomber, martyrise quelques tibias, et tente d'attraper le sac. Il n'en saisit que la sangle. L'autre se débat. Un coup de poing lui écorche une pommette. Il lâche soudain son précieux barda et passe une main dans son dos. Elle réapparaît armée d'un simple poignard au manche en bois, à la lame un peu rouillée et recourbée. Son adversaire recule et bouscule à nouveau ceux qui se trouvent sur son chemin. L'embarcation tangue. Quelques-uns tentent de les calmer, puis renoncent : on ne se mêle pas d'un combat entre deux chiens enragés. Il n'y a que de vilaines morsures de crocs à prendre. Souvent les bêtes fauves font cause commune et se retournent contre vous pour vous déchiqueter.

Le bras du Somalien se détend. Sa dague ne fend que l'air, mais il s'en est fallu de peu que son adversaire se retrouve trépané. Lequel décide de lui sauter dessus. Les deux hommes s'écroulent dans un corps à corps ahanant et grognant. Le bateau refait eau de toute part. Comme si la bagarre n'existait pas, les passagers recommencent à écoper. En râlant ouvertement. Le Syrien y va de son chapelet d'injures. Les deux combattants n'en ont cure. Ils essaient chacun de se frapper sans grande efficacité. Un cri. Le Congolais se redresse. Une estafilade rouge lui barre les abdominaux. Il se venge, aidé par une furie décuplée par la douleur. Il s'acharne à coups de coude sur le visage du Somalien qui craque comme un amas de branches mortes.

— Il faut qu'ils arrêtent maintenant, lance Nadjahatu à la cantonade, la voix étrangement aiguë.

On maintient le blessé par une clé aux épaules jusqu'à ce qu'il se calme. Il finit par aller s'asseoir, relever son tee-shirt, le déchirer et éponger d'eau de mer sa blessure. Sans un mot. L'autre est plus mal en point. Un linge mouillé aux vagues, le seul remède accessible ici, le nettoie de son sang lui aussi et découvre une lèvre en rideau et un nez clairement déplacé. Il respire par la bouche qui émet un petit gargouillis de bulles rouges.

Le Syrien, décidément homme à tout faire à bord, lui saisit d'autorité les narines entre index et majeur et les remet en place. Le Somalien crie. Nous aussi. Je sens un frisson parcourir la colonne vertébrale de maman. L'autre respire mieux. L'opération s'est bien déroulée. Le « médecin » de Damas ramasse le sac de son « patient ». Il est béant. Une foule de petits objets et une liasse de papiers tombent au sol. Une petite gourde à lait en peau de chèvre, la même que les chameliers de chez nous utilisent, les accompagne. Son eau se déverse sur le pont. Il en reste suffisamment pour la faire boire à son propriétaire. Le Congolais s'esclaffe et lance un mot en français dont le sens mystérieux peine à cacher l'insulte.

Le pugilat a eu au moins un effet bénéfique : nous nous accordons pour mettre en commun tout ce qu'il nous reste en nourriture et boissons. Très peu. Sombre, le Levantin décrète que si on ne touche pas terre très, très vite, nous sommes tous bons pour crever ici. Ma mère opine du chef et me caresse la tête. Un long moment. Comme si elle me cédait d'ores et déjà du bout de ses doigts sur mon front frôlé son dernier souffle, sa force et sa noblesse.

J'ai mille ans.

Je sais quand les câlins et les regards testament des mamans vous transmettent leur âme en vent léger de vol de papillon.

L'Égyptien propose de jouer notre va-tout. Épaulé par son alter ego soudanais, il a calculé que si nous accélérions dans notre direction, le nord-ouest, quitte à perdre le moteur une bonne fois pour toutes, nous devrions nous retrouver près d'une côte européenne. Au point où ils en sont, ils sont bien incapables de dire laquelle. Mais nous finirons bien par croiser quelqu'un dans les parages, à défaut de pouvoir mettre un pied à terre.

L'embarcation semble avoir retrouvé une seconde jeunesse. Ses passagers aussi. La vitesse et le vent créé nous lavent de nos soucis. Comme si le bateau les laissait derrière, incapables de nous rattraper, essoufflés mais tenaces. Nous fonçons à grands coups d'étrave contre l'eau vers notre avenir. L'homme restant homme, personne ne songe qu'il pourrait être encore plus sombre que le passé.

L'essentiel est d'avancer. Le résumé de notre vie à tous, à bord et depuis trop longtemps.

L'engin tient bon. Les boudins fatiguent encore, mais la routine de l'écope permet d'espérer. Un peu. Un choc, puis un autre sous nos pieds. Nous butons sur des objets immergés. Nous devons ralentir pour protéger l'hélice. Chacun se penche pour comprendre. Nous apercevons un bout de bois qui frappe sur notre boudin, comme pour demander asile. La vieille planche a été blanchie et pourrie sous le sel, plantée de petits buissons de gelées d'algues vertes, habitée par un minuscule crabe égaré sur son radeau de mauvaise fortune. Je le salue. Bienvenue à bord. Les naufragés peuvent se comprendre, même si l'un d'entre eux est carapacé.

Maman se demande à voix haute combien de temps peut flotter un bout de bois. Et ce petit crustacé, là, il vient bien de la côte… Nous ne devrions plus être très loin… Nous regardons autour de nous. Une bouteille en plastique dodeline et paresse à une vingtaine de mètres.

Bousculée par le courant et les vagues, elle nous dépasse indolente. Nous la saluons d'un silence assoiffé.

Encouragé, optimiste à nouveau, notre barreur pousse à fond la poignée des gaz. Et peu importe les obstacles ! Ceux de devant sont secoués comme des palmiers dattiers à récolte. Ils rient, heureux de nous servir de brise-lames, trempés comme s'ils étaient allés nager. Même le Somalien oublie sa lèvre en piteux état. Il se risque à sourire, puis se ravise.

Le bleu profond du ciel semble s'éclaircir plus loin. Doigts et bras tendus hérissent le pneumatique, on montre une ligne plus sombre à l'horizon.

Nous arrivons droit dessus. La côte nous attend en face. La fin du calvaire viendra très vite désormais. Mes yeux encombrés de gouttes salées peinent à la distinguer mais elle me paraît loin, la terre. Je pense que nous pourrions encore mettre quelques jours avant d'accoster. Je tente de me réjouir avec tout le monde. Maman semble aux anges.

Quelques chants s'envolent. Beaucoup de prières recouvrent l'eau à l'entour du nom de Dieu. Le leur, celui des autres et sans doute de quelques divinités païennes invitées là dans un moment d'allégresse. Certains esquissent des pas de danse. Ils remuent surtout le haut du corps. Impossible de tenir en équilibre avec tous ces cahots. Le Syrien joue du oud dans le vide. Ou de la guitare électrique. Ses doigts s'agitent sur un instrument fantôme, puis ses bras frappent sur un tambour imaginaire pour un dabké[1] joyeux qu'il est seul à

1. Danse de réjouissance partagée par tout le Proche-Orient.

entendre. Il bascule maintenant de droite à gauche et se tortille, une main grattant le ciel. Son hymne muet à la victoire le comble de bonheur. Nadjahatu soulève Janaidu pour qu'il puisse lui aussi admirer au loin la terre promise, espérée, trop longtemps refusée.

Une femme, discrète – elle a tenu la main de son époux tout le long du trajet sans jamais ouvrir la bouche –, s'effondre. Simplement. Un ballon dégonflé. Sous les cris, je perçois comme un sac de linge sale jeté au sol.

Elle vient de mourir.

De peine ou de joie ? De fatigue, sûrement. De faim, peut-être... Elle est poussée par-dessus bord sans trop d'égards. Son mari aide à la basculer. Les croque-morts d'occasion ne se donnent même pas la peine de faire triste mine. Ils valident une fin. Reste une enveloppe. Ils s'en débarrassent. Nous voguons vers un havre quelconque et c'est tout ce qui compte. Maman secoue la tête. Effarée et horrifiée. Mais même notre volumineuse amie semble ne pas s'en soucier.

J'ai mille ans. Je sais : nous arrivons dans les contrées d'opulence, il ne faudrait pas rebuter nos hôtes et tout gâcher en gardant nos morts avec nous.

Le moteur tousse de nouveau, éreinté. Nous ralentissons. Chacun en profite pour mettre de l'ordre dans ses affaires. Tous découvrent, dépités qu'elles sont trempées. Beaucoup tentent de faire sécher au vent leurs papiers. Maman essaie de lisser sa gandoura, son amie de défriper son boubou. Elle lâche un peu de salive sur ses mains et entreprend de coiffer son fils. Je regarde maman et lui jure intérieurement une vie de malheurs si elle ose me réserver le même traitement. Elle se contente de réaménager mes langes.

Le moteur étouffe sous l'effort. Il balbutie en noir de fumée. Intelligemment, notre navigateur crache dans l'eau, observe la dérive. Il indique la direction au barreur. Si l'hélice ne tourne plus, le courant nous poussera dans la bonne direction.

Il persiste à suivre, à deviner, les traces de son crachat sur les vagues. Rêveur et souriant. Il se lève. Il hurle toutes les très nombreuses bénédictions de la vie qui impliquent Allah dans notre langue. Il pointe à son tour un endroit au loin. À l'opposé de tous les autres. Nous nous retournons. Les mimiques et les mines torturées de regards perçants resurgissent. Les yeux d'aigle du Soudanais ont repéré un éclat clair face au soleil. Il se déplace. À moins que nous ne nous rapprochions. Impossible à préciser. Le navigateur tombe à genoux et prie. Il supplie Dieu de ne pas lui offrir un mirage. C'est un homme du désert, il sait, lui, les terribles désillusions des rêves tremblotant sous la chaleur. Mais les contours du point se précisent. Je le vois, moi aussi.

Un oiseau blanc vient à notre rencontre. Deux grandes toiles et une coque immaculée se rapprochent. À l'arrière du voilier, un grand drap bleu-blanc-rouge claque mollement au vent. Des Francaouis ! Un homme et, sans doute, sa femme, en maillot de bain, manœuvrent pour venir à notre hauteur. Elle a des cheveux blancs longs, retenus par un lien. Sa crinière grise à lui perce sous une casquette rouge. Ils nous font de grands signes. Leurs peaux très brunies sous le soleil sont un peu lâches sous les bras et sur le ventre. Ils s'agitent sur leur pont. Leurs ailes affalées à la va-vite, ils nous approchent au moteur.

Ils rangent leurs voiles dans un bruit de papier froissé. Ils nous ont jeté une amarre. Le Syrien la tient fermement et nous maintient bord à bord. Nous sommes près d'eux. Je peux sentir leur odeur. Un mélange de bois mouillé, de sueur, de monoï et il me paraît percevoir une pointe d'ail… Ils sentent bon. Ils essaient de nous parler dans leur langue alléchante, comme prononcée en buvant. Encore du français. Le Congolais colérique les comprend. C'est bien le seul, mais tous à bord font mine de saisir. Ce n'est pas le moment de vexer nos sauveurs.

Les vieux ont installé un système sur leur bateau, avec des poulies. Ils chargent une bassine de nombreuses petites bouteilles d'eau et la descendent jusqu'à nous. Maman en attrape une et me fait boire. Je regarde mon biberon improvisé. Il est beau : on y a dessiné une montagne et du rose. Il perle de condensation.

La dame appelle son mari et me pointe du doigt. Ils parlent clairement de moi. Lui fait triste figure. Ses yeux marron griffés de profondes pattes d'oie, plus claires et visibles encore à cause de son tannage, s'humidifient. Je ne comprends pas ce que j'ai fait au monde pour qu'ils se mettent tous à pleurer chaque fois qu'ils me voient…

Il disparaît, puis revient avec un carton de lait. Maman le remercie dans sa langue, « merci », avant de réitérer et d'élaborer dans la nôtre. Elle appelle sur lui toute la miséricorde et toute la bonté, s'il en reste, du ciel. Certains mots se comprennent visiblement sans être polyglotte. Les deux là-haut se tiennent par la hanche et relâchent quelques larmes. Je m'étouffe avec le liquide, mais j'arrive à le boire. J'ai dû trop en prendre. Je suis toute bloquée du ventre. Ma mère me bascule en habituée. Je rote bien fort. Une délivrance. Les Blancs rigolent et les passagers aussi. Ils réclament quelque chose à manger. Ils nous envoient des barres chocolatées, du pain épais et quelques bananes.

Ils nous tiennent un grand discours. Je le vois, lui, mimer un téléphone avec la main, montrer un endroit sur la côte. Ils discutent avec le Congolais qui se confond visiblement en remerciements. La dame repousse sa queue-de-cheval sur ses épaules pour dégager son visage, elle me fait un petit geste de la main et m'envoie un baiser soufflé.

Ils s'éloignent. Notre francophone traduit enfin : ils ont appelé la police des mers, on va venir nous chercher. Il poursuit en essayant de ne rien oublier tout en croquant dans son fruit. Les Français étaient en promenade. Il n'y a pas d'autres bateaux comme le nôtre pour l'instant dans les environs. Ils vont prévenir aussi les docteurs italiens pour qu'ils s'occupent de nous. En face, là-bas, c'est Catane, en Sicile.

Le navigateur soudanais applaudit, claque de la langue sur son palais, se redresse et se penche bien bas comme pour saluer un public après un spectacle. Il nous fait un clin d'œil :

— Je vous l'avais bien dit, que je vous conduirais à bon port…

On lui jette un peu d'eau de nos nouvelles bouteilles à la figure en riant et en nous moquant de lui.

J'ai mille ans. Je sais que les humains ne gâchent l'eau potable que quand ils sont bien-portants. Et que le destin se fâche quand on tente de le devancer…

Les étoiles

Nous apercevons déjà beaucoup mieux la côte, ses rochers bruns écorchés d'écume blanche. Une tache jaune et ocre – des habitations ? – déroule ses tentacules à flanc de collines. L'eau change de couleur : moins bleue, irisée de vert, agacée par le fond qui remonte, perturbée de petites boucles laiteuses. Un vent de terre conjugué à un courant prononcé vient la soulever assez fortement et nous repousser comme pour nous garder de nous approcher. Notre bateau insiste et tangue.

Au loin, une montagne au chapeau écrêté, déchiqueté, paraît veiller sur l'horizon, face à la mer. Il la domine. La sentinelle immense se voit de loin : son sommet cotonneux attrape les rayons de feu et les renvoie, nettoyés, blanchis, légèrement orangés. Maman me porte et me la présente. Elle applaudirait presque de joie si elle ne me tenait pas. De la neige ! La montagne est enneigée ! Tous se pressent pour admirer le phénomène et déjà céder à l'enivrante sensation de goûter à l'Occident, à ses saveurs de crème glacée et leurs délicieuses douleurs de froid. Le frais en paradis fantasmé, l'Éden tient pour beaucoup ici dans un réfrigérateur. Ils se savent arrivés et se devinent repus, confortables, installés. En sécurité. La plupart échangent leurs rêves ou leurs soucis immédiats. La conversation erratique vient vite tourner autour de l'argent à dépenser jusqu'au but final, de l'accueil, de la famille ou des amis à retrouver. Certains espèrent également qu'il y aura un téléphone chargé, à terre, pour prévenir les proches, là-bas, là où ils ne reviendront jamais. Ils en prennent conscience maintenant. Les mines se ferment. C'est à l'arrivée que l'on paie le prix du voyage, donc celui de l'abandon. Au bout du chemin, le voyageur sait ce qu'il a laissé, mais ignore ce qu'il va trouver. Les tripes en étau, le cerveau trop à l'étroit, la bouche sèche… Les doutes tordent corps et esprits. Ils les plombent au dernier moment, comme pour signifier qu'il eût fallu réfléchir encore, peut-être ne pas partir. Sans réellement en avoir conscience, beaucoup se retournent vers notre supposé point de départ. J'entendrais presque formulées les ultimes questions qui les agitent.

Certains pleurent, les autres prient, tous accélèrent leurs préparatifs.

Notre agitation fatigue le bateau. Les boudins faiblissent. Exténués, ils peinent à retenir leur air. Un homme essaie de se déplacer pour rattraper un objet oblong, en bois, une statuette porte-chance, qu'il vient de faire tomber après l'avoir embrassée. Il glisse, se rattrape en appuyant sur le caoutchouc. Sa main s'enfonce. Il se relève, son précieux grigri est sauvé. Un déchirement net comme une toile géante qui céderait aux coutures, une purge violente et vaguement décompressée, une exhalation d'air nauséabond, moisi, salé, notre embarcation expire. Nous coulons. Tranquillement, nous nous enfonçons dans l'eau. Comme une évidence, une fatalité. Le moteur gargouille ses bulles d'air en s'immergeant… Et en entraînant le reste de l'embarcation vers le fond. Il nous a conduits jusqu'ici. Il n'en peut plus, cède à son propre essoufflement, mais ne veut pas mourir seul.

Le barreur égyptien fait de son mieux pour retenir son compagnon de métal et d'essence. Il l'agrippe. Chute la tête la première, bat des jambes frénétiquement à l'extérieur et dérange la surface presque comiquement. Puis relâche prise. Sa tête sort de l'eau. Il avale une grande goulée d'air, vite interrompue : sa manche est prise par l'hélice qui l'emmène dans les profondeurs. Son cri de surprise, puis de détresse, se noie avec lui.

Un chaos de bras, de jambes, de hurlements et de pleurs remplit tout l'espace, court sur la mer et vient frapper certainement là-bas les rochers acérés, agressés par les vagues. Je les imagine compatir. On se bouscule, certains se frappent. Maman me recouvre de son corps pour me protéger. Nadjahatu serre son fils contre elle, la bouche ouverte, muette de terreur. Le Soudanais, notre navigateur, a encaissé un coup de coude dans la figure. Il saigne du nez. Il plonge à plat pour échapper à cette folie. Il tient sa carte encore à la main, imagine s'en servir comme d'une bouée ou d'un talisman, s'agite comme un chiot sur les flots, essaie d'avancer en les grattant de ses bras dans une nage épileptique et enfantine. Il respire par à-coups au-dessus de la surface, comme si, de loin en loin, il se souvenait qu'il devait le faire. Il s'épuise très vite. Il se ratatine sur lui-même. Ses fesses surnagent un moment. Mais le haut et le bas de son corps l'entraînent. Il disparaît à son tour.

Le Syrien nous crie de nous retenir aux parois dégonflées. Presque à plat, elles essaient en effet de surnager et y parviennent en s'étalant plus largement sur l'eau. Maman agrippe sur le bord l'une des poignées noires d'une main et m'étreint de l'autre.

Nadjahatu veut nous rejoindre. Elle se hasarde à enjamber un homme dont les deux mains sont serrées sur la poitrine. Elles ne demandent qu'à tenter de retenir son cœur à l'intérieur ou de le faire repartir. Sa bave se mêle d'écume. Il se retourne sur lui-même et suffoque, la bouche dans le cloaque qui subsiste sur le fond du bateau. Je hurle. Je préviens notre amie, trop grosse, trop instable, elle ne doit pas se mettre debout. Devant la mort, il vaut mieux ramper. Elle peut, parfois – exceptionnellement –, pardonner, oublier ou négliger.

Elle persiste à tenter le diable. Il n'en demande pas tant. Janaidu s'accroche à ses jambes. Il grimpe jusqu'à ses hanches en pleurant, les enserre en les chevauchant. Sa mère ne peut pas garder son équilibre. Elle chute violemment dans l'eau. Sur le côté. Elle se redresse, veut attraper l'un des boudins, trop glissant. Elle le touche plus qu'elle ne l'attrape du bout des doigts, mais tient bon. Son boubou vif lui fait corolle autour de sa taille. Une méduse gigantesque attirée vers l'abîme. Son fils s'agite trop : il veut rester hors de l'eau. Il l'étrangle de ses petits bras et la roue de coups de genoux en se débattant. La main de Nadjahatu laisse échapper sa prise. Maman tend la jambe sans réfléchir. Qu'elle s'y accroche.

Et revienne près de l'épave. Mais l'autre sent qu'elle sombre. Dans un effort ahané, elle porte son fils à bout de bras pour lui offrir un sursis, un miracle, quelques secondes de vie supplémentaires. Elle coule à pic. Il se tait. Je vois les mains de sa mère le tenir par les hanches. Malgré la noyade, elle se bat encore pour son enfant. Il a le visage émacié de l'épouvante sans nom et totalement muette des jeunes âmes qui savent qu'elles ne vivront pas plus longtemps, une ligne de vie effacée à peine tracée. Étonnées et choquées, outrées par l'injustice du destin. Il se sent partir. Ses jambes, son torse, puis sa tête à lui aussi sont gobés par les flots. Maman hurle sa peine et sa douleur, mais raffermit sa prise et me serre encore plus fort.

L'Érythréen, pataud mais nageur correct, fait le tour de ce qu'il reste de notre bateau. Il souffle et souffre. Ses mouvements dans l'eau découvrent sa cicatrice comme un grand ver luisant. Les privations d'eau et de nourriture l'ont rendu faible. Et il n'a jamais réussi à pêcher le moindre poisson pour se sustenter. Il ventile fort. Il veut atteindre la proue, légèrement surélevée encore. Il y parvient. Il fait signe à maman d'essayer de le rejoindre. Le bec qui permettait à l'ancre de ne pas frotter sur le caoutchouc est une bonne prise. Le Syrien, agenouillé, de l'intérieur de l'épave sérieusement immergée, aide ma mère à glisser vers le pêcheur. Il l'encourage et l'insulte, ce qui, pour lui, revient au même. Maman progresse, peine et arrive à articuler qu'elle ne sait pas nager. L'aveu est confié sans peur, sans imaginer le pire, simple constatation d'un fait qui pourrait être important dans les présentes circonstances. Le Levantin lui attrape le poignet, le tord un peu, mais la traîne jusqu'au bout de l'embarcation. Elle tient bon le minuscule bout-dehors. J'avale plus d'eau que d'air. Je tousse et je vomis. Mais je vis encore. Autour de nous, devant, derrière, partout, des têtes disparaissent, englouties les unes derrière les autres dans un bouillonnement. Je ne distingue plus vraiment lesquels, des bras ou des jambes, soulèvent des gerbes d'écume avant de ne laisser que quelques éclaboussures blanches sur l'eau et un sinistre tourbillon en siphon. J'entends dans mon dos notre homme à la ligne infructueuse qui prie, doucement. Il murmure en psalmodiant. Sa voix ténue, douce et sucrée me semble exténuée. Il est à bout de forces et saisi par la fraîcheur de l'eau. Il remue les lèvres désormais sans émettre de son. Je me retourne un peu. Je le vois qui regarde le ciel, prend une grande inspiration contrariée par la tasse qu'il avale, pousse sur ses bras dans un ultime effort pour s'éloigner, les range le long du corps, puis s'enfonce comme s'il avait décidé sereinement et lucidement d'aller marcher sur le fond, une vingtaine de mètres plus bas.

Les vagues viennent achever le travail. Elles se brisent sur ce qui reste de notre embarcation, nous recouvrent, nous ballottent comme du bois mouillé et embarquent ceux qui leur résistent. L'une d'entre elles vient nous heurter de côté. Maman glisse, relâche sa prise. Le Levantin essaie de la rattraper. Trop tard. Elle bat des pieds et des jambes dans un effort désespéré pour se maintenir hors de l'eau. Je sais que, si j'arrête de hurler, je meurs. Je hurle. Elle a la force de me retourner vers elle. Elle colle son beau et doux visage sur le mien.

Une trace de jasmin subsiste encore. Je l'aspire comme j'aspire son âme par le regard. Je me presse de tout prendre. Il y a tant à faire, tant à retenir, tant à se souvenir. Le temps manque. Ses yeux infinis d'amour n'ont plus de place pour la peur. Elle sait. Elle murmure :

— Nujdum…

« Les étoiles »…

Elle me jette aussi loin qu'elle le peut. Je m'effondre sur un bout de caoutchouc trempé, à moitié immergé. Le Syrien me récupère, me saisit dans ses bras. Il chute à son tour dans l'eau, réussit à me hisser à la surface. La mer, assassine mais compatissante, comprend ma douleur et efface maman, l'accueille sur son catafalque sombre, apaisé. Éternel. Définitif.

Mon sauveteur arrive à trouver de l'aide. Tous n'ont pas disparu. Ils s'entraident et s'accrochent à tout ce qui traîne dans l'eau. Une chaîne humaine, comme une bouée géante, parvient à surnager, un radeau de survie de bras et de mains, épuisé, déchiré. Un objet flottant nous surprend. Il vient me heurter. Le Syrien relâche brièvement son étreinte. Sans amarre, je dérive un peu. Quelques secondes. Libre.

Je me sens pierre. Maman veut déjà me revoir. Moi aussi. Elle m'appelle. Il faut que je la rejoigne. Me retrouver sur son ventre, son henné dégoulinant, fleur d'oranger et souffle de doigts d'ange… Ma vie et la sienne confondues. La mort aussi. Je ne pleure plus. Je ne crie plus. J'ai mille ans. Je peux mourir. J'ai trop vécu en si peu de temps. Mille larmes acides sur chaque chaos de ma vie. C'est suffisant.

Quelqu'un me retient avant que je coule. De peu. Je sens mes langes qui se défont, se détachent. La mer veut me prendre comme je suis née. Nue. D'accord. On me pousse encore. J'accepte de partir, mais cessez de me déranger… Ou poursuivez. Peu importe : la paix qui m'attend saura gommer tout ce chaos. Elle m'étreint déjà. Ou tente de le faire, me tend les bras. Je veux m'y réfugier. On me bouscule encore. Un plongeon derrière moi. Comment peut-on plonger alors que l'on se noie ? Une vague me porte. Une main m'agrippe par le ventre et me parle. Je ne comprends rien. On me soulève encore. D'autres bras me recueillent. Ceux-là appartiennent à une femme. Une Blanche. La peau est comme brûlée, toute fripée, mais c'est bien une Blanche. Les vieux et leur oiseau blanc sont de retour. Ils viennent de me sauver.

J'ai mille ans. Je sais : les hommes t'envoient mourir sur une épave et te sauvent sur un voilier. Vies brisées ou épargnées, du pareil au même. Ils finissent par tout confondre. Leur conscience abîmée n'a pas de suite dans les idées. Ils ont perdu le fil. Et dans leur folie, ils laissent vivre un bébé millénaire en tuant sa maman. Les étoiles, la mer et le désert finiront par se lasser. Peut-être… Sans doute… Je ne sais plus.

Je viens de naître.

J'ai mille ans.

Pour en savoir plus
sur les Éditions Récamier
(catalogue, auteurs, vidéos, actualités…),
vous pouvez consulter
www.lisez.com

lisez!

et nous suivre sur les réseaux sociaux

CET OUVRAGE A ÉTÉ ACHEVÉ D'IMPRIMER SUR ROTO-PAGE
PAR L'IMPRIMERIE FLOCH À MAYENNE EN JUILLET 2023

N° d'impression : 102864
Imprimé en France